「あっ……！」
アリエルの口から嬌声が上がる。
徐々に顎が上がっていき、
吐息も断続的になっていった。
「そ、そこっ……ダ、ダメですわっ！
変な気持ちになっちゃいます……
んっ、あっ！」

ブラッド
幼い頃に両親を亡くして魔王に拾われ、
魔王軍の四天王により
厳しく育てられた少年。
しかし、四天王に「無能はいらない」と
言われたことで、魔王城を出て
ブリスと名を変え冒険者となった。
エドラ
Aランク魔法使い。
喜怒哀楽といった感情が
表情に出にくく、
淡々と話す口調が特徴的。
アリエル・クアミア
ノワールで唯一のSランク冒険者。
剣の腕前はピカイチで、秘剣《千本華》が得意技。

魔王
魔族を統べる魔王軍の王。
かつてブラッドを助けた張本人でもある。
ブラッドのことを溺愛しており、彼がいる魔王城に
なかなか帰れないことに不満を抱いている。
カミラ
魔王軍四天王《剣》の最強格。
四天王の中でもひときわ
苛烈な性格で、ブラッドに
厳しい特訓を施してきた。

「悪い。
待たせたな」
刹那。
彼女の前に一人の男が現れ、
ウルフの攻撃を剣で受け止めた。
「ブリス……！」
救世主の登場であった。

鬱沢色素
illustration
pupps
「無能はいらない」と言われたから
絶縁してやった
~最強の四天王に育てられた俺は、
冒険者となり無双する~

contents



イラスト／pupps　デザイン／百足屋ユウコ+石田 隆（ムシカゴグラフィクス）　編集／庄司 智

# プロローグ

切断された俺の右腕がクルクルと宙を舞っていた。

「……っ！」

筆舌に尽くしがたい痛さが遅れてやってくる。

切断面を手で押さえながら、俺はそのまま地面にうずくまってしまった。

「やれやれ。お前は本当にダメだな」

俺に歩み寄る足音と、溜《た》め息《いき》混じりの女の声が聞こえた。

「常に身体強化魔法を使っておけと言っただろう。剣で斬られたごときで、右腕を切断されるなど話にならんぞ」

その声を聞くと俺は痛さよりも悔しさがこみ上げてきて、顔をゆっくりと上げた。

俺を見下している一人の女性。

右手には東方の国でよく使われる、反りの入った剣が握られていた。長い髪は後ろで一括《ひとくく》りにされており、切れ長の瞳で俺に蔑みの視線を向ける。

まさしくこいつこそが数秒前——俺の右腕を切断した犯人である。

「全く……これごときも防げないとは情けない。それでは魔王様も安心出来ないだろう」

その女が呆《あき》れ果《は》てたような口調で言う。

魔王様――幼い頃に両親を亡くしてしまった俺にとって、母親代わりとも言える存在。
そう――人間ながらにして魔王軍に入ったあの日から――俺はこんな地獄のような日々を送っているのだ。

人間の俺は幼い頃、両親を魔物に殺され、孤児になったところを運良く、魔族の王である魔王に拾ってもらった。

一応言っておくが、魔物と魔族は全く違う生き物だ。

魔物は基本的には知性がなく、相手が魔族だろうが人間だろうが見境なく襲いかかってくる。

一方魔族というのは知性を持ち、時には人間と手を組むこともある。そういう存在だ。

それはともかく……魔王は俺のことを大事に育ててくれた。

自分で言うのもなんだが、それは溺愛という域にまで達していた。

しかし魔王は忙しい。

ほとんどここ『魔王城』におらず、世界中を飛び回っている。

なので《剣》、《魔法》、《治癒》、《支援》のそれぞれの最強格である魔王軍の四天王が、かわるがわる俺を育ててくれることになったが……。

「さあ、立ち上がれ。まだ今日の訓練は終わっていないぞ。ちょっとは私を楽しませてみろ」

「くっ……！」

先ほど切断され、地面に転がっている右腕。

俺はそれを拾い上げ、治癒魔法で元通りに引っ付ける。

「どうした？　腕を引っ付けたくらいで、褒めてもらえると思っていたか？」

そんなわけがない。

四天王《治癒》の最強格は、たとえ死んでも五秒以内なら蘇生《そせい》することが可能だ。

それに比べて、俺はただ切断された右腕を引っ付けただけ。

この程度で褒めてもらえるなど……もちろん思っていない。

「うおおおおお！」

俺は再度剣を振り上げ、彼女に襲いかかった。

戦いの衝撃で城全体が揺れ、床と壁にヒビが入る。

彼女は俺の剣を悠々とした動作でいなしていた。

彼女の名は——カミラ。

俺の義理の姉とも呼べる存在で、四天王の《剣》の最強格の女性である。

カミラ姉《ねえ》に限らず、四天王連中の俺に対する教育は度がすぎていた。

右腕を切断されるなど日常茶飯事。

たとえば四天王《魔法》の最強格から毒魔法をかけられ、三日三晩死ぬような苦しみを味わったこともある。

そう——きっとこいつ等《ら》はただのサディスト。

教育なんて大義名分で、俺のことをただ痛めつけたいだけに違いない。

「ぐはっ！」

胸を袈裟《けさ》斬《ぎ》りされ、辺りに血が飛び散る。

そのまま地面に倒れる俺に、カミラ姉は剣先を突きつけてこう言った。

「──話にならん。この調子では古代竜《エンシェントドラゴン》の一体を倒すのも夢のまた夢だな」

カミラ姉はさらに罵倒を続ける。

古代竜とはドラゴン族の中でも一際強い存在だ。攻撃だけではなく耐久力も高いので、戦闘の技術を極限まで高めていなければ、単独で倒すことは叶《かな》わない。

ゆえに古代竜を倒すことは一種の目標として四天王から、指定されていたのだが──俺は未《いま》だに一体すらも倒すことが出来ていなかった。

「本当に……出来の悪い弟を持つと苦労する。全く──どうして魔王様はこいつのことを気に入っているのだろうか」

どうしてここまで言われなければならないのだろうか。

今までの不満が溜《た》まっていたのかもしれない。今日の俺は自分でも不思議になるほど、頭に血が上っていた。

ゆえにカミラ姉を強く睨《にら》み返していると。

「ん？　なんだ、その反抗的な目は。悔しければ魔王城を出て行くといい。もっとも、お前のような無能は魔王城の外なんて出たら、すぐに野垂れ死ぬだろうがな」

無能――。

その言葉を聞いた時、堪《こら》えていた怒りが爆発しそうになった。

俺のそんな気配を感じ取ったのだろうか、

「無能と言われ腹が立ったか？　だが事実だから仕方ないだろう。貴様は我等魔王軍の面汚しだ。魔王軍には強い者しかいらない。だから――」

すーっと息を吸い、次に彼女はこう告げた。


「無能はいらない」


俺の中でなにかが弾《はじ》けた。

「分かった。じゃあすぐにでも出て行ってやる」

「は？」

カミラ姉の目が丸くなる。

「俺なんていない方が、お前等だって良《い》いんだろ？　だったら、俺の方から出て行ってやる」

俺はこの先、どれだけこいつ等のパワハラ稽古に付き合わなければならないのか。

決め手はさっきの「無能はいらない」というカミラ姉の言葉だ。

もういい加減疲れた。

「おい、待て！　なにを言っている。さっきの言葉を真に受けたというのか？　ふっ、お前のことだ。どうせ魔王城を出て行く勇気すらないんだろう？　――おい！　だからちょっと待てと言っている！」

カミラ姉が強い力で俺の肩をつかむ。

「離せ」

その手を俺は強引に振り払った。

「っ……！　お、お前……そんな力をどこで……」

カミラ姉が怒りで顔を歪《ゆが》める。

確かに――俺みたいな弱い人間が魔王城の外に行くのは勇気のいることだ。

だが、これ以上この拷問のような日々に、俺は耐えられる自信がなかった。

俺を拾ってくれた恩もあるし、魔王には感謝もしている。

とはいえ、俺も我慢の限界だ。それに四天王連中も俺がいない方が大助かりだろう。


魔王のようになりたかったな……。


しかし、その願いは叶いそうになかった。

「ふ、ふんっ！　私が止めるとでも思ったか？　どうせすぐに城に戻ってくるんだろう？　お前のような臆病者が、城の外で生きていけると思うな！　戻ってきた時、どうせ私に泣きつくことになるだろう。後悔するがいい！」

後ろでカミラ姉がなにやら叫《わめ》いている。
しかし俺はもう二度とここには戻ってこない。
そう誓いを立てて、俺は魔王城を後にした。

# 第一話

四天王と絶縁した俺は城から離れ、やがて辺境の街に辿《たど》り着《つ》いた。

「なかなか良《い》い街だな」

身体強化魔法を使ったとはいえ、さすがに何十時間も走りっぱなしだったので、体に深く疲労が刻まれている。

しかし……それよりも、四天王の連中から離れることが出来た解放感の方が遥《はる》かに勝っていた。

こうして魔王城の外に出ることすらも、滅多になかったからな。

出ようとしても四天王から「外は危険だ」と止められていたのだ。

しかしもうあんな連中の言ったことなど、気にしなくていい。

俺はこの街で第二の人生を歩むのだ。

「取りあえず、お金を稼ぐ必要があるな」

人里で暮らしていくためには、お金がなければ満足に食っていくことも出来ないと聞く。

「俺みたいなよそ者でも、すぐに稼げるといったら……やはり冒険者だろうか」

冒険者とはいわば街の『なんでも屋』みたいな職業。

冒険者には街の掃除やお店の手伝いといった雑用から、魔物の討伐といった高難易度の仕事まで用意されている。

なかなかきつい仕事だが、身分不詳の俺みたいなヤツでも始めることが出来、本人の力量と頑張りがあれば一攫千金《いっかくせんきん》も狙えるのだとか。

——ということを四天王連中から教わった。

「よしっ。冒険者、やってみるか。金は必要だしな」

早速行動を開始しよう。

俺はすぐに冒険者達《たち》がいるであろう冒険者ギルドを探した。

その際、住民達にも話を聞いたが、どうやらこの街は『ノワール』という名前らしい。

辺境とはいえ行き交う人々も多く、結構広い街みたいだ。

そんなことを思いつつ歩いていると、意外にもそれはすぐに見つかった。

「おお……なかなか大きい建物だな」

冒険者ギルドの前に着くと、そこは三階建ての大きな建物であった。

俺は勇気を振り絞って門扉を押して、中に入る。

「すみません。冒険者になりたいんですが」

奥の受付カウンターの前まで行き、そこにいた女性にそう話しかける。

「はい。冒険者の新規登録ですね。私はここギルドの受付嬢をしているシエラといいます。失礼ですがあなたは……」

「俺はブラ……じゃなくて、ブリスといいます」

魔王から付けてもらった名前はブラッド。

しかしいつ四天王がこの場所を突き止めて、嫌がらせをしてこないとも限らない。

だから俺は今日からブラッドという名前を捨て、ブリスとして生きていくことにしよう。

「ブリスさんですか。この街の人……ではないですよね？」

「はい。今までは山奥の田舎にいましたが、冒険者になりたくてここに来ました。ちょっとは戦えるので、お役に立てると思います」

本当は古代竜《エンシェントドラゴン》の一体も倒せない俺ごときが、冒険者として通用するだろうか……と不安だったが、それを表に出すわけにもいかない。

シエラさんはニコッと笑みを浮かべ、

「分かりました。では登録のために、まずはこの用紙にプロフィールを書いていただけますか？」

と一枚の紙を差し出してきた。

それにしても——深く詮索されなかったな。

まあ四天王の連中から『冒険者はこの世で最も自由な人達』と聞いていたし、元々訳ありのヤツが多いのかもしれない。

まさか元魔王軍と言うわけにはいかなかったので、これは助かる。

——人間と魔王軍の間では長きにわたって戦いが繰り広げられている。

魔王軍に対して悪い印象を抱いている人がほとんどだろう。

それなのに元魔王軍だなんて言ったら、どうなるか……まあ言っても信じてもらえないと思うが、念のためだ。

俺は紙に簡単なプロフィール（ほとんど嘘《うそ》）を書き終え、シエラさんに返す。

「特に書類に不備はないようですね」

「これで登録は終わりですか？」

「いいえ。試験を受けてもらいます」

「試験？」

「ええ。昨今、実力のない人が冒険者になって、依頼を失敗することが多いんですよ。失敗が続けばギルド自体の信用も落ちてしまいます。そういったことを避けるため、ギルドでは最低限の試験を用意しています。この試験に合格することが出来れば、ブリスさんも晴れて冒険者です」

「そうですか……」

ついたじろいでしまう。

小さい頃から俺は四天王に鍛えられていたが、結局なにかを完璧に習得することが出来なかった。

そんな俺が試験なんて突破出来るだろうか……。

「ではまずは魔力測定です」

テーブルの前にシエラさんが水晶を置く。

「この水晶に魔力を送り込んでみてください。すると水晶が光ります。『青』『緑』『黄』『赤』『黒』の光の順で魔力が多いとされています。たとえ青色でも水晶を発光させることが出来れば、一次試験はクリアです」

結構本格的だな。

魔力量の多さに関しては、あまり自信がない。

四天王《魔法》の最強格から、「お主の魔力は虫けらみたいじゃな」とよく言われていたからだ。

しかしここで引き返すわけにはいかないだろう。

「では……」

俺は水晶に手を当て、魔力を送り込んでみた。


ピキッ。


すると水晶にヒビが入った。

しかしなんの色も表れていない……まさか魔力量が少なすぎて、発光すらさせられなかったのか？

だが、その心配は杞憂《きゆう》であった。

「す、水晶にヒ、ヒビが⁉」

「あのー、不合格でしょうか？」

「そ、そんなことありません！　な、なんてこと……！　魔力測定の水晶にヒビを入れたのは、グノワース様以来です！」

「グノワース？」

「三百年前にいた大魔導士ですよ！　あなた、一体何者ですか……？」

どうやら大魔導士グノワースとやらの時と同じ反応を示しているらしい。

しかし魔力量に自信がない俺でも、ヒビを入れることが出来たのだ。

そいつもとんだペテン師だな。

そんなことを考えながら、水晶に手を当て続けていると……。


パリンッ。


そのまま水晶が割れてしまった。

「す、すみません！　壊してしまいました。弁償でしょうか？」

そんな金はないぞ！　最大のピンチ！

と思っていたら、シエラさんは首を横に振り、

「べ、弁償なんかしなくていいですよ！　……ヒ、ヒビが入るどころか、水晶が割れた？　こんなこと他でも聞いたことがありません！　グノワース様以上の魔力量ってこと……!?」

とぶつぶつと呟《つぶや》き、驚きを隠せないようであった。

どう反応していいか分からないので、俺は頭を掻《か》くしかない。

「えーっと……一次試験は合格ってことでいいでしょうか？」

「文句なしの合格です！」

シエラさんが目を大きく見開いたまま答えた。

それからしばらくシエラさんはあたふたと慌てていたが、

「と、とにかく！」

気を取り直し、こう続けた。

「本来なら、これで試験に合格ということにしたいんですが……ギルドの決まりでして。最終試験に進んでいただく必要があるんです……」

何故《なぜ》だか申し訳なさそうに彼女が言った。

「いいですよ。最終試験はなんですか？」

「最終試験は実技です。現役冒険者の方に相手をしてもらいます。どうぞこちらへ」

シエラさんに促されるがまま、俺はギルドの奥へ進んでいった。


シエラさんについていくと、だだっ広い場所に到着した。

「ここは？」

「修練場です。ここで最終試験が行われます」

ほう……修練場か。ここだったら少々暴れても大丈夫そうだ。

「それで実技試験というのは？　現役冒険者の方にやってもらうと言っていましたが……」

見る限り、この修練場には俺達以外に人はいないようであった。

「その通りです。冒険者の手配は済んでいるので、もう少しで来ると思うんですが……」

シエラさんがそう言った――ほぼ同時であった。

「遅くなりました」

後ろから女性の声が聞こえた。

振り返ると、一人の女性が修練場に入ってこようとしているところだった。

キレイだ……。

黄金がちりばめられているかのような髪には思わず瞳が奪われる。すらっと伸びた白い手足はまるで人形のようであった。

シエラさんは驚いたように目を見開いて、

「アリエルさん！」

と女性――アリエルさんに駆け寄った。

「すみません。書類仕事を片付けていましたが、それが予想以上に長引いてしまいまして」

「いえいえ、とんでもございません！　そんなことよりSランク冒険者のあなたが試験官をしてくれるんですか⁉」

どうやら試験官が彼女ということは、シエラさんは知らされていなかったらしい。

それよりも……。

「Sランク冒険者？」

「ええ。当ギルド最高ランクに位置している冒険者の方です。Sランクは現在このギルドで、アリ

エルさん一人しかいないんですよ」

「そ、そんな人が俺みたいな新人の試験を？」

俺が問うと、アリエルさんが代わりにこう答えてくれた。

「本来なら新人の試験は、CかBランクの冒険者の方のお仕事ですわ。ですがみなさん、依頼に出かけているみたいでして……丁度手が空いているのはわたくししかいなかったんですの」

「そうだったんですか……」

「それに聞いていますわよ。あなたはあの魔力測定の水晶を壊した方と」

アリエルさんが興味津々に俺の体を眺めながら続ける。

「さすがに水晶が壊れたのは、なにかの手違いだと思いますが——こうして新人の方を見極め、そして育成するのも冒険者の役目ですわ。今回は喜んでお受けいたします」

アリエルさんが柔和な笑みを浮かべる。

カミラ姉《ねえ》とは全然違うな……。

あいつも見かけだけはキレイだったが、こんなに優しくなかった。

「コ、コホン。ではあらためて最終試験の説明をしますね！」

咳払《せきばら》いをしてから、シエラさんはこう続ける。

「最終試験はこのアリエルさんと戦ってもらいます。彼女に実力が認められれば、晴れてあなたも冒険者です」

「待ってください。Sランク冒険者というと、ギルド内の最高ランクなんでしょう？　そんな人に俺が勝てるとは思えませんが……」

「心配しないでください。勝たなくても、アリエルさんが『合格』と言えば合格ですので……あなたは全力を尽くしてアリエルさんに立ち向かうだけで十分です。失礼な言い方になるかもしれませんが、あなたが勝てるとは思っていませんよ」

良かった。

「では早速始めましょうか。失礼ですが、あなたのお名前は？」

「ブリスです」

「ブリス……良いお名前ですね。あらためまして――わたくしはアリエルといいます。よろしくお願いいたしますわ」

丁寧にお辞儀をするアリエルさん。

「シエラさん。ブリスにも剣を」

「は、はい！」

シエラさんがすぐさま俺に木剣を手渡してきた。

見ると、アリエルさんも同じような木剣を手にしていた。

「肩の力を抜いてくださいね。ではどこからでも、かかってきてください」

「じゃあ遠慮なく……」

俺は剣を上げ、アリエルさんに軽く振り下ろす。

ビュンッ！

「え……？」

アリエルさんが慌てて剣を振り、俺の攻撃を弾《はじ》く。

「こ、この速さは……？　反射的に弾きましたが、剣筋が見えませんでした。一体あなたはなにを……」

「……？」

アリエルさんの言葉に、俺は疑問を覚えていた。

まずは小手調べに、軽く剣を振るってみただけなのだ。

Sランク冒険者というのだから、簡単に弾かれることは予想していたが……まさかこんなに驚かれるだなんて。

「次はわたくしからいきますわ。あなたの力、見せてください！」

今度はアリエルさんが何度か剣を振るう。

ん……おかしいな？　もしかして——。

俺は違和感を抱きながらも、彼女の攻撃を全て躱《かわ》し、時にはいなしながらやり過ごしたのだった。

「そ、そんなまさか……！　まだ冒険者にすらなっていないお方に、わたくしの剣を全て防がれました……？　あなたは一体何者なんですの⁉」

「……あ、あの……すみません……」

気付けば俺は、先ほどからずっと疑問に思っていたことを口にしてしまっていた。

「手加減しているんですか？」

「はい？」

俺の問いに、アリエルさんはきょとんとした表情になっていた。

彼女の攻撃が、いくらなんでも遅すぎる気がしていたのだ。

まるで蠅《はえ》が止まるような剣筋だ。

カミラ姉の時とは比べものにならない。

まさかSランク冒険者の全力がこの程度とは、考えにくい。

「なら……ちょっと手加減しすぎと言いますか、もう少し本気を出してもいいですよ。なんか気を遣われるのも申し訳ないですし」

「ふっ――わたくしもバカにされたものですわね」

アリエルさんの目の色、そして気配が変わった。

彼女は剣を下段に構え、「ふー」と大きく長く息を吐いた。

「ちょ、ちょっとアリエルさん！　いくらなんでも、秘剣《ひけん》を出すのはやりすぎです！」

すぐさまシエラさんが止めに入ろうとするが、それをアリエルさんがさっと手で制す。

「大丈夫ですわ。先ほどのことで、この方の実力は分かりました。わたくしが秘剣を使ったとしても、死ぬことはないでしょう。安心してください」

「で、でも！」

それでもシエラさんは必死に止めようとしていた。

しかし俺は彼女の言葉を聞いて安心していた。

良かった……蘇生《そせい》魔法はまだ習得していなかったからな。死ぬレベルの攻撃をされたら、どうしようかと思っていたのだ。

たとえ相手がどんな攻撃をしてこようとも、死なないレベルなら、なんとか防げる自信がある。

「良いですよ。その秘剣とやらを俺に見せてください」

「大した自信ですわね」

アリエルさんが楽しそうに笑う。

「ではいきます。秘剣——《千本華《せんぼんか》》！」

一瞬、辺り一面に花が舞ったような幻覚を見た。

一閃《いっせん》の間に千の斬撃を繰り出す技といったところか。

それにしても彼女の剣筋は美しい。

カミラ姉の乱暴な剣の振るい方とは雲泥の差だ。

しかし。


「——まだ遅い」


俺は迫り来る斬撃を先ほどと同様に防いだ。

「え……⁉　む、無傷⁉」

《千本華《せんぼんか》》はどうやらこれで終わりだったようだ。

アリエルさんは驚愕《きょうがく》し、両腕の力をなくしたように剣をすっと下ろす。

「わ、わたくしの《千本華《せんぼんか》》に対して無傷だなんて……！　そんな方、初めて見ましたわ。一度も当たらないなんて、そんな……」

アリエルさんは口をパクパクさせていた。

なんだか俺はすごいことをしてしまったようだ。

「それで……次はなんですか？　どうすればいいんですか？」

彼女は驚いているようであるが、俺としてはまだ全力の欠片《かけら》も出していない。

俺はこの試験で全力を出せばいいだけと言われていたので、不安を覚えるのだ。

やる気満々の俺ではあったが、アリエルさんは首を左右に振った。

「次はありません。何故なら……もう試験の合否は決まっているのですから」

「次はありません……ということはまさか不合――」

恐る恐る口にすると、彼女は少し食い気味でこう告げた。

「――合格です！　文句なしです！　おめでとうございます。今日から晴れてあなたも冒険者ですわ。シエラさん、それで問題ないですよね？」

「も、もちろんです！」

ありゃ？

どうやら合格したみたいだ。

ほとんどなにもしてないんだがな。

合格したのはよかったが、消化不良のせいでむず痒《がゆ》い気持ちになるのであった。


「これがブリスさんの冒険者ライセンスです！」

最終試験が終わった後。

俺は受付まで戻って、シエラさんから冒険者ライセンスを受け取った。

「ありがとうございます」

「いえいえ！　こちらこそ、ブリスさんのような方に冒険者になっていただいて、感謝感謝です！」

シエラさんは興奮しっぱなしだった。

「さて……冒険者について軽い説明があるんですが、聞きますか？　省略することも可能なんですが」

「説明を聞きたいです」

何度も言うようであるが、俺は幼少から魔王城に半ば閉じ込められていたせいで、外界のことをあまり知らない。

まずは冒険者について基本的な知識だけでも知っておきたい。

「では始めますね」

コホンとシエラさんは咳払いを一つしてから始めた。

「冒険者は『F』『E』『D』『C』『B』『A』『S』の七つのランクがあります。さっきのアリエルさんはSランクでしたね。普通は一番下のFランクから始まります。ランクによって受注出来る依頼も変動します。これは新人冒険者が無謀な依頼を受けて、失敗しないようにするためのものです。依頼は新人でも受けることが出来ます。ですが失敗したら違約金が発生しますから、慎重に選んでくださいね。以上！　ぱぱっと素早い説明でお馴染《なじ》み、シエラちゃんの提供でお送りしました！」

パチパチ。

拍手したら、シエラさんは「いや～、それほどでも～」と照れていた。

「質問いいですか？」

「なんでしょうか？」

「なんか俺のライセンス、Dランクってなってるんですが……」

普通はFランクからスタートだったはずだ。

記入ミスだろうか？

しかしそうではなかったみたいで、

「ブリスさんは普通じゃないですからね。特例です！　ギルド長に許可を貰《もら》いました。Dランクからのスタートは、あのアリエルさんと一緒ですから、みんなにいーっぱい自慢しちゃってください」

と説明してくれた。

先ほどの試験がシエラさんの想定以上の結果だったらしく、このように取り計らってもらえたようだ。

「そういえばアリエルさんは？」

試験が終わってから、アリエルさんは名残惜しそうにしながらも、すぐに修練場から去って行ったのだ。

「アリエルさんは依頼をこなしにいきました。あの人ほどになると、抱えている依頼の数が多いんですよ。そんな忙しい人に試験をしてもらえるなんて、ブリスさん、とてもラッキーでしたね」

「そうだったんですね」

これから先、なかなか会えることが少なそうだな。

まあ……アリエルさんのことも気になるが、今は早いところ冒険者として依頼をこなしたい。

そうしなければ、すぐにでも金が尽きてしまうからな。

「あのー……今日からでも依頼を受けることは出来るんですか？」

「今日からですか？　もちろんです！　ブリスさん、やる気十分ですね」

「まあ金がないので……」

「えーっと……Dランクの冒険者が受けられる依頼は……今はこれだけ残っています」

シエラさんが束になった依頼票を渡してきた。

ふむ……どれも簡単そうな依頼ばかりだな。

やはりDランクのような駆け出しには、大事な依頼を任せられないといったところだろう。

「お、これは……」

中にはゴブリンキングの討伐なんていう依頼もあった。

ゴブリンキングといったら、古代種の一種で一度棍棒《ひとたびこんぼう》を振り下ろせば、街一つくらいは簡単に吹っ飛ばすことが出来る強力な魔物である。

そんな魔物が街の近くにいるなんて……。

平和な街に見えたが、周辺はなかなか物騒みたいだ。

とはいえ一体だけなら俺でもなんとか倒せる。四天王のカミラ姉は五体同時でも楽に倒していたので、この程度で決して威張れないが。

ん？

「あれ。このゴブリンキング討伐の依頼、もう誰かが受けてしまってるみたいですね」

「あっ、本当ですね……誰か他の方が処理したものが、紛れ込んでいたみたいです。しかもこれってもっと上のランクの依頼でした。ブリスさんは受けられません。すみませんでした」

すっとシエラさんは依頼票を抜き取った。

うむ……まあ駆け出しが受けるにしては少々身に余る依頼だと思っていたが、シエラさんの手違いだったみたいだ。

「他の人が遂行中の依頼って、受けることは出来ないんですよね？」

「出来ないことはないんですが、その冒険者と無駄な衝突を生むことがあります。それに……ゴブリンキングだなんて、いくらブリスさんでも倒せないと思いますよ。決してオススメは出来ませんね」

「はあ」

まあ俺みたいな新人が魔物討伐の依頼を受けるのは危険が多いだろう。

なにか不測の事態が起こらないとも限らないしな。

変に焦る必要はない。

冒険者になりたてだし、まずは簡単な依頼を受けるとするか。

「ではこれを……」

俺は『薬草摘み』の依頼を抜き取り、シエラさんに渡した。

「え……本当にそれで良いんですか？」

「どういう意味です？」

「いえ、ブリスさんには簡単すぎる依頼だと思いますが……」

「そんなことありませんよ。慢心はいけません」

「さすがブリスさんですね。どれだけ腕っ節に自信があっても、それで身を滅ぼす冒険者を私は何人も見てきました。ブリスさんの崇高なお考え、理解しました。薬草摘みの依頼、頑張ってください」

褒めすぎだよなあ……この子。

悪い気はしないからいいんだが、魔王城にいる頃との落差のせいで戸惑いの方が大きい。

「あっ、森の奥には行かないようにしてくださいね。魔物がうじゃうじゃいますから」

「分かりました。森の入り口付近で安全に依頼をこなしておきますよ」

◆◆

一方その頃、魔王城では。

四天王達だけによる会議が行われていた。

「カミラ。ブラッドが家出したとは、どういうことじゃ？」

カミラは残りの四天王の三人に詰問されていた。

とはいえ、魔王軍の中でも特に忙しい四天王は、すぐに全員が城に集結するという真似《まね》はほぼ不可能。

なので卓には遠方にいる者とも会話出来る三つの水晶が置かれており、そこに残りの四天王の顔が映し出されていた。

「う、うむ……剣の稽古をつけていた時なのだがな。いつも通りにやっているつもりだったが、なにかそれがブラッドの癪《しゃく》に障ったらしい。それで……」

「だからお主はスパルタすぎると言っておるじゃろ！」

一人の四天王から怒声が飛ぶ。

そう……今回の会議の議題は『ブリス』こと『ブラッド』が家出したことについてである。

正直カミラは、ブラッドはすぐに魔王城に逃げ帰ってくると思っていた。

あれだけ外の世界は危ないぞと昔から言い聞かせてきたのだ。今回の家出もどうせ一時間くらいで終わるだろうと。

しかし一晩経《た》ってもブラッドは戻ってこなかった。

そこで慌てたカミラは急遽《きゅうきょ》、四天王のみんなで通称『ブラッドをどうしよう会議』を開いたのだ。

《剣》の最強格、カミラ。

《魔法》の最強格、クレア。

《治癒》の最強格、ブレンダ。

《支援》の最強格、ローレンス。

水晶越しとはいえ、こうして四天王一同が顔を合わせることはなかなか稀《まれ》なことであった。

「し、しかし……これもブラッドを思ってのことだった。まさかあれごときで音を上げるとは……」

「一体なにをしたのじゃ?」

「右腕を吹っ飛ばした」

「はあ……これだからお主は……」

《魔法》の最強格であるクレアが深い溜《た》め息《いき》を吐《は》く。

「腕など気軽に吹っ飛ばすな。右腕を吹っ飛ばす際の痛みで、ブラッドが苦しむかもしれんじゃろ」

「だ、だが……」

「やるなら、毒魔法でジワジワ痛めつけろ。毒だったら外傷はないからな。万が一治癒魔法に失敗しても、傷跡が残らない。全く……相変わらずお主は脳筋じゃな」

「な、なにを言う！　そっちの方が陰湿ではないか！　それだったら痛みが一瞬の方がいいはず！

だから腕を斬ったのだ！」

「お主こそなにを言う？　そもそも……」

カミラとクレアが言い争う。

四天王の中でも、カミラは特にクレアとうまが合わなかった。

「止《や》めなさい！」

透き通った声が部屋に響き渡る。

《治癒》の最強格、ブレンダの声だ。

「カミラ、クレア。今はそんなことで言い争っている場合ではありません。それにあなた達の言っていることは五十歩百歩です。今はそれよりもブラッドを連れ戻すことを考えなければ……」

「それはそうだな」

カミラが表情を引き締め直す。

「ブラッドが魔王城の外に出るなんて、心配で夜もろくに眠れん」

「その通りじゃな。魔物に襲われて死ぬかもしれん。古代竜なんかに遭遇したら、腕の一本や二本は持っていかれるかもしれんしのう」

「それよりも、私はブラッドがモテモテになってしまうことが怖いです。あの子、可愛《かわい》い顔してるから……」

「ふえぇ……ブラッド、戻ってくるのかなあ？　外で友達――彼女とか出来ちゃったら、どうしよう？　戻ってこなくなるんじゃないかな？」

「「「彼女？」」」

四天王の一人、《支援》の最強格であるローレンスが放った言葉に、残りの三人がピクリと反応した。

「あ、あいつに彼女などまだ早い！」

「そうじゃ、そうじゃ。それに誰の許可があって、彼女なんて作るのじゃ」

「もしブラッドに彼女なんて出来たら、審査しなければなりません。ついでに拷問も……」

「ふえぇ……ごめんなさい。適当に言っただけだよ。だからそんなに睨《にら》まないで……」

ローレンスが頭を抱えて怯《おび》える。

カミラはふっと息を吐いて。

「……取りあえず、『ブラッドに彼女出来るかもしれない問題』については今は置いておこう。それよりも問題なことがある」

「じゃな」

四天王は全員顔を見合わせ、

「「「「このことが魔王様にバレたら、怒られる！」」」」

と声を揃《そろ》えた。

ブラッドは昔、魔王が拾ってきた人間だ。

それから魔王はブラッドを溺愛し、大切に育ててきた。

「魔王様はブラッドのことが大好きだからな……」

「全くじゃ。それなのに家出したなんてことがバレたら、どうなることやら」

「良くて空が暗黒に包まれる。悪くて世界は滅亡するでしょうね」

「どっちにせよ、僕達、ただじゃ済まないよね……」

「うむ」

カミラが頷《うなず》く。

「魔王様は次、いつ魔王城に戻ってくる？」

「二週間後と聞いておる」

「二週間か……すぐだな」

「それまでになんとしてでもブラッドを見つけ出し、そして連れ戻さなければ」

「もちろんだ」

揃って、魔王様に怒られたくない四天王一同であった。

「私の方も部下を使って、全力で捜してみる。他の三人にも同じようにお願いしたい」

「当たり前じゃ。お主のことは嫌いじゃが、今回ばかりはそんなことも言っておれん」

「私もすぐに捜してみます」

「ぼ、僕も……力になれるか分からないけど……」

こうして、四天王はかなり久しぶりに心を一つにした。

◆　◆

薬草摘みの依頼を受けた俺は、街の近くの森——通称『ノワールの森』に足を運んだ。

「薬草摘みなんて初めてだな」

生い茂る森林。いたるところに草が生えている。

しかしどれが薬草なのか分からない。ほとんどが名もない雑草だとは思うが……。

「依頼では五束摘めばよかったっけな?」

さっさとやってしまおう。

「《探索《リサーチ》》」

そう呟き、俺は探索魔法を発動した。

ノワールの森の全体図が頭に浮かんでくる。

やはりシエラさんの言っていた通り、奥には魔物がうじゃうじゃいそうだ。迂闊《うかつ》に近寄らないようにしよう。

「ここから近いな」

全体図にぽつぽつと浮かぶ赤い点。ここに薬草が多く生えているはずだ。

俺は早速そこまで移動する。

「お……草がいっぱい生えている」

俺は一束の草を手に取って、

「《鑑定》」

と次に鑑定魔法を発動した。

・毒草

薬草と非常に似通っているが、ギザギザの葉っぱが特徴的。薬草と間違えて口に入れないように注意。

今手にしている草の詳細が頭に浮かんでくる。

いかんいかん……危うく、これをギルドに持ち帰ってしまうところだったぞ。

「慎重に選んでいかないとな」

次は……これだ。

・薬草

そのまま食べるのもよし、煎じて飲むのもよし。

おっ、これが薬草か。

《探索》と《鑑定》の二つを使えば難なく依頼はこなせそうだ。

その後も同じようにこの二つの魔法を使い、薬草を摘んでいく。

「ふう……大分集められたな」

取りあえず三十束薬草を摘み、それを収納魔法で異空間におさめていった。

これくらいあれば十分だろう。

「空も暗くなってきたし、そろそろ帰るとする……ん？」

森を後にしようとすると、探索魔法で気になる反応が見つかった。

これは……森の奥で誰かが魔物に襲われている？

「どうやら苦戦しているみたいだな」

魔物と戦っている人が圧《お》されていることが、ここからでも分かった。

このままでは殺されてしまうかもしれないぞ。

「どうすっかな……」

正直……怖い。

本来なら、俺一人では決して近付かないところであった。

しかし。

「見捨てるなんて真似はあまりしたくないな」

そういうのは俺の性分に合ってない。

魔王は「人助けは気持ちいいもんだぞ」と常々言っていた。

魔王のくせにそんなことを口にするなんて――と少しおかしさは感じていたが、そんなお人好《ひとよ》しだからこそ、昔死にかけていた俺を助けてくれたんだろう。

そしてなにより。

「俺は四天王のヤツ等《ら》みたいにはなりたくない」

人を痛めつけることをなんとも思わず、自分以外の人や魔族はどうなってもいい……そういう風に考えるヤツ等にだけはな。

それにこれくらいの魔物なら、俺一人でも十分対処出来そうだ。

「助けにいくか」

気付けば俺の足は勝手に動いていた。

シエラさん、忠告に従わなくてごめん！

そう心の中で謝りつつ、魔物がいる場所へと急ぐのであった。


反応があった場所に急ぐと、十体以上の魔物が一人の女性を囲っていた。

「あれは……」

俺は彼女の姿を見て、名前を叫ぶ。

「アリエルさん！」

すると女性——アリエルさんは剣を構えたままで、こちらに顔を向けた。

「ブリス！」

しかしすぐに魔物の方に向き直り、迫り来る棍棒を剣で弾いた。

「どうしてここに……！　いえ、今はそれどころではないですね——早く逃げてください！」

切迫した表情である。

「ここはわたくしが食い止めますわ……！　今は早くノワールに戻って、応援を呼んできてください！　……くっ！」

アリエルさんは魔物の攻撃を必死に防ぎながら、そう声を発した。

彼女が手こずっている相手——あれはおそらく、魔物の中でも最弱と評判のゴブリンだろう。

ゴブリンの特徴である『棍棒を手にした人型の魔物』に一致しているしな。

「だが、あれがゴブリンだとして——どうしてあんなのに苦戦しているんだ？」

仮にもSランク冒険者であるアリエルさんが、手こずるような相手じゃないと思うんだが……。

「まあ今はそんなことを考えている場合じゃないか」

俺はすぐさまアリエルさんとゴブリン——と思《おぼ》しき魔物の間に割って入り、棍棒を素手で受け止める。

「ひ、ひえぇ？　棍棒を素手で!?」

そんな大したことはしていないのに、アリエルさんはとても驚いているようであった。

「で、でも……！　命を投げ捨てるおつもりですか!?　いくらあなたでも敵《かな》いっこありません！」

後ろでアリエルさんの声。

ひょい、ひょい。

こうしている間にも、俺はゴブリンの攻撃を躱し続けていた。

「大丈夫ですよ。それに、どうしてアリエルさん――ああ！　もう鬱陶しいな！」

ゴブリンが俺の頭目掛けて棍棒を振り下ろす。

俺はそれを右腕一本で受け止め、そのままゴブリンごと投げ捨てた。

ずどぉぉおおおおん！

ゴブリンが木の幹に当たり、そのまま絶命する。

「え？　え？」

その様子を見て、何故だかアリエルさんは混乱しているようだった。

「さすがにこれだけ数が多いとなると、素手だと面倒だな。練習用の剣をそのまま持ってきてしまったし、これはあまり使いたくなかったが――アリエルさん、一気に片付けるので、少し退がっていてくれますか？」

剣を抜き、その場で回転させるように振るう。

「か、風が……！」

アリエルさんが髪を手で押さえているのが、視界の隅で見えた。

剣の風圧で暴風が起こっているのだ。まあ普通に戦っていれば、これくらいよくあることなので「だからなんだ」という話だが……。

一瞬でゴブリンをなぎ払い、地面に死体が積み重なった。

「ふう、こんなものか」

剣を鞘《さや》におさめる。

「どうしました、アリエルさん。そんなところで座り込んで」

「こ、腰が……」

何故だか腰が抜けて立ち上がれない様子のアリエルさん。

そんな彼女の手を取って、立たせてあげた。

「ブ、ブリス……！　あ、あなたは一体……いえ、そんなことを言っている場合ではありませんね」

そのままアリエルさんは俺の両手をぎゅっと握り、

「ありがとうございます！　あなたは命の恩人ですわ！」

と笑顔を浮かべ、そう声を上げた。

「あ、ああ……」

命の恩人だなんて。

アリエルさんは大袈裟《おおげさ》だな。

しかしこんなに美しい女性に感謝されるのは、悪い気はしなかった。

◆

◆

新人冒険者の試験を終えてから、アリエルはすぐにノワールの森に向かった。

目的は――ゴブリンキングの討伐。

ゴブリンキングはBランクに位置する魔物だ。

決して弱い魔物ではないが、気を抜かなければ一体くらいなら十分倒せる……そうアリエルは考えていた。

しかし――ノワールの森の奥に進み、それを見つけた途端、次から次へと仲間らしきゴブリンキング達が姿を現した。

「じゅ、十体以上も……！　どうしてノワールの森にこれだけのゴブリンキングが⁉」

依頼にあったのは一体だけであった。これだけいると分かっていれば、一人で依頼を受けようとは思わなかっただろう。

数を増やしたゴブリンキングに対して、最早《もはや》逃げることすら出来ない。

アリエルは剣を振るいながら、死を覚悟していた。


わたくしはこんなところで死ねないのに――。


だが、その時。彼女の前に救世主が現れたのだ。

「アリエルさん！」

ギルドで試験を担当した少年――確かブリスといっただろうか。

あの時、ブリスはアリエルの《千本華《せんぼんか》》をいとも容易《たやす》く受け流した。

タダモノではない。

しかしいくらブリスでも、十体以上のゴブリンキングを相手にするのはさすがにどうしようもないはずだ。

「早く逃げてください！」

だから叫んだ。

だが、ブリスはアリエルの言葉が聞こえていないのか、すっとゴブリンキングの前に躍り出た。

「ああ！　もう鬱陶しいな！」

そう一声発し、あろうことか、ブリスは右腕一本でゴブリンキングの棍棒を受け止め、さらに投げ捨てたのだ。

どれだけ屈強な男でも、ゴブリンキングを持ち上げることすら出来ないだろう。

それなのに――一見ひょろっとした外見のブリスが、簡単そうにゴブリンキングを投げたのだ。

まるでお伽噺《とぎばなし》を見ているかのようであった。

「アリエルさん、一気に片付けるので、少し退がっていてくれますか？」

そこから先は衝撃だった。

ブリスを中心に竜巻が起こった。剣を振るっていることは辛《かろ》うじて分かったが、速すぎてよく見えなかった。

あまりの激しい戦いに、アリエルは腰を抜かしてしまったほどだ。

「あ、あなたは一体……」

――どれだけ底のない人なんですか？

アリエルの心臓の鼓動がとくとくと速くなっていた。

◆　◆

「でも……どうしてアリエルさんが……」

「アリエル」

「え？」

突然アリエルさんは俺の口元に人差し指をつけ、そう名前を言った。

「さん付けしなくても結構です。そもそも冒険者の中には『舐《な》められてはいけない』と、敬語を使わない人もいますので……もっとざっくばらんな話し方で大丈夫ですわ」

「そういうアリエルさんも丁寧な言葉遣いじゃないですか」

「わたくしのこれは……昔からの癖です。今から変える方が面倒なので……」

うむ……まあアリエルさんの言い分にも一理ある。

俺はコホンと一つ咳払いをして。

「じゃあ今からアリエル――そう呼ばせてもらうよ」

「ありがとうございます」

アリエルはニコッと笑みを浮かべた。

「あらためて……アリエルはどうしてここに？」

「ゴブリンキング討伐の依頼を受けたからです。一体だけだと聞いていましたが……まさかこれだけたくさんいるとは思っていませんでしたわ」

ゴブリンキングか……そういえば、ギルドでシエラさんが『もう誰かが受けてしまってる』と言っていた。あれはアリエルのことだったか。

ん……待てよ？

「アリエル、なにを言ってるんだ。こいつ等はただのゴブリンじゃないのか？」

「あなたがなにと勘違いしているか分かりませんが、これは正真正銘、ゴブリンキングですわ。こんなゴブリンはいません」

おかしいな……。

俺が昔、四天王連中から教えてもらったゴブリンキングの特徴は『人よりも遥《はる》かに大きく、一度《ひとたび》棍棒を振るえば、街一つを壊滅することも容易い』だったんだが……。

この地面で倒れている魔物が、とてもそうとは思えない。

ということを、四天王という部分はぼかしつつ、アリエルに問いかけてみたが……。

「古代種の巨神兵が確かそういう特徴がある、と文献で読んだことがありますが——まさかそれと勘違いしていませんよね？」

「………」

古代種と言っているし、多分それっぽい。

今となっては俺の記憶違いなのか、それともあいつ等が間違ったことを教えたのかは分からないが……どちらにせよ、認識をあらためなければならない。

腕を組み、ひとしきり考える。


——もしかして俺って強い？


あのバカ強い四天王に育てられていくうちに、いつの間にか俺は強くなっていたのか？

「それにしても、どうしてゴブリンキングがこんなに大量にいたんでしょうか」

俺の考えを遮るように、アリエルは話を続ける。

……俺が強いかどうかは一旦保留だな。

「ノワールの森は比較的弱い魔物しかいなかったはずなのですが……もしかして魔王軍の仕業でしょうか？」

アリエルの表情が強《こわ》ばる。

繰り返すが、基本的に人間と魔王軍は敵同士の関係だ。

今は均衡状態にあって、大規模な戦争は起こっていないものの、小競り合い程度ならどこかしらで起こっている。

強い魔物が増え、それが人を襲うとなると、得するのは魔王軍の方だろう。

アリエルが警戒するのも理解出来る。

しかし。

「それはないな。そもそも魔物と魔族は根本からして違う。魔物を操ってなんとかしようなんてずるい真似は、魔王が最も嫌うことだ。それに人間がなにもしていないのに、魔王軍から攻撃を仕掛けることとは有り得ない。これは魔王軍とは無関係だ」

「……ブリス？」

怪しがるような表情のアリエル。

「やけに魔王軍に詳しいんですわね。それに魔王軍の肩を持っているような発言ですが……」

「そ、そんなことない！　俺は魔王軍のことが大嫌いだ！　特に魔王の側近だとかいう四天王のヤツ等はな。俺があいつ等の肩を持つなんて断じて有り得ない！」

「そ、そうですか……まあその様子だと嘘を吐いていないとは思いますが……」

いかんいかん。

つい口が滑ってしまった。

しかし俺が魔王軍——正しくは四天王連中が嫌いなことは事実だ。

その気持ちが伝わったのだろうか。アリエルにけそれ以上突っ込まれなかった。

「——とにかく！　今考えても結論は出ないと思う。取りあえず、俺達はギルドに報告することが先決なのでは？」

「ブリスの言う通りですわ。すぐにギルドに戻りましょう」

強引に話をまとめると、アリエルも俺の意見に賛同してくれた。

「よし——帰るか。もちろん、こいつ等も持って帰らなくっちゃな」

と俺はゴブリンキングの死体に手をかざした。

収納魔法を発動。

ゴブリンキングはまとめて白い光となり、目の前から消滅した。

「ゴ、ゴブリンキングが消えました⁉」

その様子を見て、何故だかアリエルは呆然《ぼうぜん》としていた。

「消えたわけじゃない。収納魔法で収納しただけだ」

「へ……？」

「どうしたんだ？　別に珍しいものでもないだろう？」

あっ、そうか。

アリエルは剣士だから、あまり魔法に詳しくないのか。

となるとバカにしたような口調になって申し訳ないな……すぐに謝らないと。

だが、俺が口を開くよりも早く、

「しゅ、収納魔法⁉　失われた魔法だと言われる、あの収納魔法ですか⁉」

とアリエルは驚きの声を上げた。

「もしかして、これってすごい魔法なのか？」

「すごいもなにも、そんな魔法が使えたら冒険者達の常識ががらりと変わりますわ！　荷物を運ぶためだけに、ポーターを雇っているパーティーも多いというのに……それがあれば、ポーターも必要なくなるではないですか！」

わざわざ荷物を運ぶためだけに、人を一人雇うというのか？　随分非効率な真似をするんだな。

「……そ、そっか」

しかしこれ以上、余計なことを言わないようにしよう。

「と、取りあえず、間違いなくゴブリンキングは収納した。ギルドに持ち帰ろう」

「は、はい！」

俺達はすぐにノワールの冒険者ギルドに戻り、受付嬢のシエラさんに話しかけた。

「あっ、ブリスさん。それにアリエルさんも。お二人とも一緒だなんて……ふふふ、仲が良いんですね」

俺達を見て、シエラさんがそう小さく笑った。

「アリエルさん、ゴブリンキングは無事に倒せましたか？　その様子だと愚問かもしれませんが……」

「ええ。実はそのことについても話があるんですが……長くなると思いますので、まずはブリスの方からお願い出来ますか？」

「ああ」

俺がノワールの森にいた理由は、帰りの道中でアリエルに説明していた。

さっさと薬草の納品を終わらせて、本題に移ろうか。

「これです」

魔法で収納していた薬草計三十束を、テーブルの上に出現させる。

「あれ……？　ブリスさん、どこから薬草を出したんですか？　なにもないところから現れたように見えましたが……」

「収納魔法です」

「ははは、ブリスさん。面白い冗談ですね。でも少しベタすぎます。よそ見している人の前になにかを出して『収納魔法で出したのさ。ははは！』っていうのは、魔法使いの間でよく使われている冗句ですからね」

別に冗句を言ったつもりはないんだが……。

「それにしてもえーっと……二十九……じゃなくて三十束もよく集めましたね」

「薬草摘みに夢中になってたら、いつの間にかそんな量になってました」

「ふうん？　なるほど。でもブリスさん、いいんですか？」

「なにがですか？」

「この中に毒草が混じっていたら、違約金が発生しますよ」

なんだと？

「昔、粗悪な薬草だったり毒草を持ち込んだ冒険者の方がいましてね。そうなったら、ギルドとしても仕分けするのが大変なので、こういう制度が生まれたんです」

「そうなんですか。けど、まあ問題ありません。ちゃんと仕分けしたので」

「またまた～。いくらブリスさんでもこんな短時間で、それは不可能ですよ。今だったら引き返せます。本当にいいんですか？」

「大丈夫ですから」

薬草と毒草に仕分けることは、鑑定魔法を使えばすぐに済むはずだ。

それなのに、どうしてシエラさんはこんなにもったいつけるんだろう？

「……分かりました。まあ依頼達成金で違約金を相殺出来るでしょう。少々お待ちくださいね」

とシエラさんは神妙そうな顔で言って、俺の持ってきた薬草を受付の奥に持っていった。

なんか俺が間違っていること前提で話を進められたな。

「どこに持っていくんだ？」

「ちゃんと薬草なのかを見分けるためでしょう」

アリエルは「なにをそんな当たり前なことを」と言わんばかりの表情で口にした。

「別にここでやったらいいじゃないか」

「……？　薬草と毒草を仕分けるための器具がないではないですか」

「……念のために聞きたいんだが、薬草と毒草を仕分けるには、一般的にどういう方法が使われているんだ？」

「魔水式《ますいしき》がよく使われていますね」

アリエルに問いかけると、彼女は丁寧に説明を始めた。

「魔水という特殊な水に薬草をつけるんですわ。それで時間が少し経過したら、魔水の色が変わります。緑色だったら薬草、赤色だったら毒草です。これが現在、薬草と毒草を仕分けるのに、最も簡単で手軽だと言われている方法ですわね」

「……鑑定魔法を使おうという発想には至らないのか？」

「鑑定魔法？　あんなもの、誰もが使えるものではありません。上位の魔法使いしか使えないとされていますわ。そんな魔法使いをいちいち呼ぶのも、お金がかかりますし手間ですからね。それなら魔水式の方がいいでしょう？」

「そ、そうだな」

やはりか。

シエラさんとアリエルの態度を見ていてなんとなく察しが付いていたが、どうやら鑑定魔法は一般的ではなかったらしい。

「まさかブリス、鑑定魔法を使って薬草と毒草を仕分けた……と言うつもりではありませんよね？」

「ま、まさか～。ちゃんと魔水式？ってので仕分けたぞ」

「ふふふ、ですよねー。鑑定魔法使えないですよねー。そういうことにしておいてあげますわ」

アリエルは含みを持たせた笑いを顔に浮かべた。

咄嗟《とっさ》に口から嘘が出てしまったが……俺が鑑定魔法を使えることは、薄々勘付かれているようだ。

女の勘というものは恐ろしい。

そんな感じでアリエルと会話をしていると、

「お、お待たせしました！」


少ししてシエラさんが受付テーブルに戻ってきた。

「さ、三十束、なんと全て薬草でした！　おめでとうございます！」

「どういたしまして」

だから最初からそう言っているというのに……。

「疑ってすみませんでした！　新人冒険者が間違って毒草を納品するのは、ギルドあるあるでして……」

「シエラさん、気にしなくていいですよ。俺は構いませんから」

「あ、ありがとうございます。そうおっしゃっていただけるなんて、ブリスさんは優しいですね」

シエラさんが気を持ち直す。

「ではこれが今回の報酬金です。ご確認くださいませ」

シエラさんからお金を受け取るが、その額は自分が予想していたものよりかなり多かった。

こんな簡単な作業で、これだけ貰っていいのかと一瞬不安になるが……貰えるものは貰っておこう。お金は大切なのだ。

「では次はわたくしの番ですね」

ことの成り行きを見守っていたアリエルが、一歩前に出る。

「とはいっても、わたくしの力だけではないんですけどね。ほとんどブリスのおかげでした」

「ブリスさんの？」

シエラさんが首をかしげる。

「ええ……まずは見てもらった方が早いですわね。ブリス、先ほどのゴブリンキングの死体を出してくれますか？」

「もちろんだ。とはいえ、全部出すのは広さが足りないな……シエラさん。悪いですが、ギルドの外に出てもらってもいいですか？」

「……？　分かりました」

シエラさんはなにがなんだか分かっていないのか、不思議そうな顔をしながらも俺達と一緒に外に出る。

「これです」

俺は薬草の時と同じように、魔法で収納していたゴブリンキングの死体を目の前に出現させた。

「…………」

ん？　なんか思ってた反応と違うな。

あ、もしかしたら、やっぱりアリエルの言ってたゴブリンキングというのは勘違いで、ただのゴブリンだったんだろうか。

しかしその心配は無用だった。

「へぇ？　いきなりゴブリンキングが⁉　しかもこんなにいっぱい？　一体どうなっているんですかああああああ！」

とシエラさんは辺りに響き渡るほどの大きな声で言った。

通行人――さらにはギルドの中から「なんだ、なんだ？」と他の冒険者らしき人も俺達の前に集まり出す。

「これをあなたとアリエルさんの二人だけで倒したんですか⁉　いくらアリエルさんがSランク冒険者でも、ゴブリンキングをこんなに倒せないですよ！　それにどうやってこれだけ多くのゴブリンキングをここに⁉」

「収納魔法です」

「だから……今はそういう冗句はいらないんですってばああああああ！」

シエラさんが取り乱している。

「わ、私ではちょっと対応が難しいんで、他の職員も呼んできますね！」

シエラさんはそう言うが、既に他の職員も「なにごとだ⁉」と俺達のところに集まっていた。

シエラさん、声が大きすぎです。

「……やはりアリエルの見立て通り、ゴブリンキングで間違いなかったようだな」

「まだそんなこと言ってたんですの？　これがゴブリンなわけありません」

アリエルはシエラさんの反応を大体予想していたのか、あまり表情を変えていなかった。

シエラさんを含むギルド職員の人達が、ゴブリンキングの死体を検査し出す。


「おいおい……これってマジでゴブリンキングじゃないのか？」

「それにしても、どうしてこれだけのゴブリンキングを？　森……ってノワールの森のことだよな？　確か報告にあったのは一体だけだったはずだが……」

「それにアリエルさん一人で、これだけのゴブリンキングを？　えっ、あの少年も？」

「ますます訳が分からんな。収納魔法で持ってきたとか戯言《たわごと》を言ってるし」


どうやらシエラさんだけではなく、他の職員も困惑しているようであった。

声を上げているのは職員達だけではない。


「さすがアリエルさんだな！　ってあの少年も？」

「あいつって確か冒険者になりたてだよな？　今日、あいつが試験を受けているのを見たぞ」

「し、新人⁉　新人がゴブリンキングを倒せるわけないだろ！　Bランク以上の冒険者が四人くらいいて、やっと一体倒せるってくらいだぞ」

「オレに言われても知らん。だが、どうやらあの少年はアリエルさん以来のDランクスタートだったらしい」

「しかもアリエルさんと連《つる》んでいるなんて……あいつ、何者なのだ⁉」

ギルドにいた冒険者も、ゴブリンキングの死体を見て戸惑いを隠せない様子であった。

やがて。

「お待たせしました……」

疲れきった表情でシエラさんが、あらためて俺達に話し出した。

「ゴブリンキング……全十二体、確認しました。確かに全てゴブリンキングで間違いないようです」

「それは良かったです」

「どうしてこれだけ森にゴブリンキングがいたのか……あらためて調査しなければならないですね。近いうちに調査隊を編制したいと思います」

「それが最善でしょう」

隣のアリエルを見ると同じことを思っているのか、彼女も頷いた。

「それで……ゴブリンキング一体五十万イェンで買い取らせてもらいます」

「ご、五十万イェン？」

せいぜい一体一万イェンで買い取ってもらえれば十分だと思っていたのに……破格の値段を提示されて、俺は驚きを隠せなかった。

「十二体分なので……合わせて六百万イェンですわ。さらに本来のゴブリンキングの依頼達成金、それに色を付けて百万イェンも追加いたします。計七百万イェン。これでご納得していただけるでしょうか？」

相場が分からなかったので、助けを求めるようにアリエルに視線を移すと……。

「はい、それで十分です」

そう答えてくれた。

その後、俺達はシエラさんから、袋に入れられた七百万イェンを受け取った。

袋がずっしりと重い……。

七百万イェンといったら、四人家族がそこそこ裕福に一年は暮らせる——というのを魔王城にいる頃に教えてもらった覚えがある。

とはいえ。

「ほら、これ。アリエル」

「？」

袋を渡すと、アリエルはきょとんとした表情になった。

「なんでしょうか？」

「元々アリエルが受けていた依頼なんだしな。俺もちょっと手伝ったとはいえ、これはアリエルが受け取るのが筋だろう」

「な、なにをおっしゃるんですか！　とんでもありません！　わたくし、なにも出来ませんでしたので！　貰えるものだとも思っていませんでしたわ。それはブリスが全て貰ってください！」

と袋を俺に押し戻した。

「しかし……」

「それが当然のことですわ！　これは受け取れません！」

アリエルも強情だ。俺とアリエルの二人が袋を押しあっている形になっている。

「しかし……いくらなんでも気が引ける。だったら仲良く半々というのはどうだ？」

「わたくしの方が、気が引けるのですが……そうです！」

なにか良い案が閃《ひらめ》いたのか。

アリエルがパンと手を叩《たた》いた。

「やはりわたくしはこれを受け取れません」

「だが……」

「代わりに……あなたの剣術をわたくしに教えてくれませんか？」

「アリエルに？」

思いもしなかった提案に、思わず聞き返してしまう。

「はい。ゴブリンキングをあれだけ華麗に倒した剣術。是非、わたくしもモノにしたいんですの。わたくしが受け取る報酬は、その授業料代わりにするということで……一つどうですか？」

「まあそれでアリエルが納得してくれるなら……」

「決まりですわね」

アリエルがパンと手を叩く。

「でも本当にいいのか？　人様に教えられるほど、俺の剣術も立派なものじゃないぞ。人に教えるのも初めてだし……」

「もちろん、それで結構ですわ！　それにあなたの指南を受けられるなんて――それこそどんな報酬にも勝ります。わたくしの方こそありがとうございます！」

アリエルが目を輝かせて、俺の両手に自分の手を重ねた。

か、顔の距離が近い！

こうして見ると、アリエルの整った顔立ちがより鮮明に分かる。

シミ一つない白い肌。睫毛《まつげ》も長く鼻筋が通っている。

なによりこれだけ至近距離で、こんな美少女に手を握られるとは……こういう経験がなさすぎて、つい戸惑ってしまった。

「ブリス？　どうしましたか。わたくし、変なことを言いましたか？」

「な、なんでもないっ！」

これ以上、アリエルの瞳を見ていたら吸い込まれてしまいそうだ。

さっと視線を逸《そ》らす。

そんな俺の様子を見て、アリエルは不思議そうに目をクリクリさせていた。

◆　◆

翌日。

街外れの空き地に行き、そこで俺はアリエルに剣術を教えることになったが……。

「なかなか上手《うま》く出来ませんね……」


しょんぼりとアリエルが肩を落とす。

「本当にあなたのように気斬《きざん》を使えるようになるんですか？」

「ああ。この調子だったら、すぐに使えるようになるはずだ」

俺は彼女を励ます。

そう——俺はアリエルに気斬を習得してもらおうと思っているのだ。

気斬とは剣を振るい、その衝撃を飛ばすことによって離れた敵を攻撃する技である。

冒険者の実技試験でも使ったな。

しかし。

「んー……何度かやりましたが、出来る気がしません。わたくし、才能がないんでしょうか……」

落ち込んでいる様子のアリエル。

何度かアリエルに剣を振るってもらったが、彼女は一度も気斬を成功させることが出来ずにいた。

「そんなことはない。俺だって、すぐには気斬を使うことが出来なかった。まあ——コツをつかむ必要があるからな。そうだな……空間を断絶するようなイメージ、と言っていいだろうか」

「く、空間を断絶？　よく分かりません……」

ダメだ。ますますアリエルを混乱させてしまった。

まいったな。今まで教えられる側だったので、どうやって教えればいいか分からない。

「少し失礼するぞ」

俺はアリエルの後ろに回り込み、彼女の両手にそっと自分の手を添えた。

「……！」

びくんっと彼女の肩が震える。

「す、すまん。いきなり触られるのは、やっぱり不快だよな？」

「そ、そんなことありません！　このまま手取り足取り教えてください！」

すぐにアリエルは気を取り直し、前を向いた。

耳たぶが徐々に赤くなっていく。

男性に触られて恥ずかしいのだろうか。

彼女ほどの美しい女性なら、男性に言い寄られることも多いだろうに……案外そうでもないのか？

それにしても……流れでつい触ってしまったが、アリエルがこんなに照れていると俺の方まで恥ずかしくなってくる。

花のような柔らかい香りが鼻腔《びこう》をくすぐる。こうしているだけでも彼女の温かみが伝わってきて、どぎまぎしてしまった。

とはいえ——この程度で動揺していては先に進めない。

教えることに集中だ！

「こ、ここをこう動かして……」

手取り足取りアリエルに教える。

ぷにっ。

「きゃっ」

アリエルから小さな悲鳴が上がる。

「す、すまん！　変なところに手が当たってしまった！」

変なところ——それは彼女の胸の膨らみだ。

一瞬だけだが、柔らかかった。少し手が当たっただけで、こんなに柔らかさを感じるだなんて、五指で揉《も》み解《ほぐ》したらどうな——って俺はなにを考えているんだ⁉

こんな邪《よこしま》な考えが浮かんでくるとは……恐るべしだ。

「やっぱりすぐに止め——」

「いえ！　止めなくて結構ですので！　このままでお願いしますわ！」

離れようとすると、アリエルが俺の手首をつかんだ。

「れ、練習していたらこういうこともあると思いますので。気にしないでください」

「そ、そうか」

まあ彼女がそう言うなら、お言葉に甘えようか。

気を取り直して、特訓を再開する。

「どうだ、アリエル。少しはコツがつかめそうか？」

「は、はい……！　それにしてもブリス、わたくしの剣の振るい方とは違いますわね。少し言い方は悪いかもしれませんが、荒々しくて……」

「俺はアリエルとは違って、キレイな剣筋じゃないからな。相手を倒すことに重きを置いた振るい方だ」

「今までの剣術の常識が、根底から覆されそうですわ……わたくし、今まで間違ったことをしていたのでしょうか？」

「そんなことはない」

強く断定する。

「アリエルの剣はそのままでいい。正直――最初アリエルと戦った時は、俺も衝撃だった」

「わたくしの剣がですか？」

「そうだ。華麗で舞を舞うかのようだった。俺もこんな剣の振るい方をしてみたい……としみじみ思ったほどだ。だからアリエル。今までの自分を否定しなくてもいいと思う。ただ少し変えてやるだけで、もっと良くなる。だからもっと自分に自信を持って欲しい」

「……はい！　ありがとうございます！　あなたに褒められると、なんだかとても嬉《うれ》しいですわ」

アリエルは花のような笑顔を浮かべた。

実際今までのやり方をかなぐり捨て、違うものを上書きしてやるよりも、今まで培ってきた土台を活《い》かした方が効率がいい。

「最初の頃より格段に良くなっている。だからアリエル、もうちょっと頑張っていこう」

「分かりました！」

それからしばらく、俺はアリエルに教えを施していった。

アリエルも筋がよく、教えたことをすぐに吸収するので、途中で楽しくなってきたほどだ。

やがて日が暮れ。

「今日はここまでにしようか」

とアリエルに稽古の終わりを告げる。

しかし彼女は首を横に振り。

「わたくしはもう少し頑張ります。結局気斬を一度も成功させることが出来ませんでしたから……」

「なにを言っている。焦りは禁物だ。偉そうな言い方になるかもしれないが……努力は素晴らしいが、がむしゃらにやる努力はかえって悪影響になることもある。無理をせずに頑張る……それが俺は大事だと思う」

「確かに……あなたの言うことにも一理ありますわね。怪我《けが》をしてもよくありませんからね」

アリエルも納得してくれた。

「それに——アリエルだったら、焦らなくてもすぐに出来るようになる。俺の見立てでは一週間

「……いや五日もあれば、気斬を使うことが出来るようになると思うぞ」

「た、たった五日で⁉」

アリエルが目を丸くした。

嘘を言っているつもりはない。それほど、アリエルの内に眠っている才能は素晴らしいものだと思ったからだ。

それにしても――こうして人に教えるのも、なかなか良いものだな。自分が今まで当たり前にやっていたことの再確認にもなる。

俺はそれを強く意識するのであった。

◆　◆

「おい、ブラッド！　私の下着はどこにある！」

広い魔王城で、カミラが声を張り上げていた。

しかしもちろん、ブラッドはいないので返事はこない。

「……ちぃっ！」

舌打ちをするカミラ。

今までブラッドには稽古を付けるだけではなく、魔王城の雑用も担当させていた。

彼がいなくなったということは、その雑用を当然誰かがやる必要があるのだが……。

「ブラッドは今まで一人でこれだけの雑用をこなしていたのか？」

ブラッドがいなくなったことにより、問題がだんだんと浮き彫りになってきた。

彼には洗濯、広大な敷地《しきち》内の掃除、さらには炊事……。

それに加え、簡単な書類仕事も任せていた。

どうせ雑用だから大したことないだろう。

今までカミラはそうたかをくっていた。しかし違った。

洗濯する衣服の量は膨大なものになる。それにこの広い城の掃除を一人でやるなど無茶な話だ。

さらには全員の健康や好みを考え、毎日の献立を考えるのは不可能に近い。

それ等を今までブラッドが一人でこなしていた。

彼一人いなくなっただけで、ご覧の有様《ありさま》だ。

膨大な雑用をみんなに分担させてはいるが、それでも終わらない。

極めつけはカミラ。

「まさかブラッドがいなくなっただけで、下着の置き場所も分からなくなるとは……」

我ながら情けない。

しかしカミラはブラッドの所業を褒めるどころか。

『カミラ姉……俺も年頃だし、いい加減下着くらい自分で洗ってくれないか？』

『黙れ！　私のような美女のパンツが見れるなんて、他から見たら羨ましいと思うぞ。そう言うお前も鼻の下を伸ばして、洗濯しているんじゃないか？』

『はあ……言うだけ無駄だったか』


——と今まで彼の苦労を一ミリも分かろうとしなかった。

「くっ……！　ブラッドはどこに行ったんだ⁉」

もちろん、こうしている今も部下達にはブラッドを捜させている。

しかしそれだけやってなお、彼の足取りを一向につかむことが出来ていなかった。

一体どこでなにをしているのだ⁉

さっさと見つけ出して、連れ戻さなければならない。

そうしなければ、魔王城は膨大な雑用によって押し潰され、このままではいつか破綻するだろう。


『カミラ様』


カミラの顔の隣にぼわっと青白い炎が灯《とも》る。

部下の『火の玉』である。

「うおっ！　急に現れるな！　いつもビックリするんだ！」

『とはいっても、私はこういう現れ方しか出来ませんし……』

カミラに怒られて、火の玉が気を落としたようにしょんぼりと灯《あか》りを小さくした。

「まあいい。それで……ブラッドの行方はまだつかめていません』

『いえ……残念ながらブラッドは見つかったか？」

「ちっ……！　どうしてこれだけ時間がかかっているのだ⁉」

『念入りに足取りが消されています。さらにクレア様の探索魔法でも、ブラッドの行方をつかむのに難儀しているようです。おそらく、それに引っ掛からないように、ブラッドが自らの体に魔法を施しているのでしょう。他にも……』

ブラッドには剣術だけではなく、《魔法》の最強格クレアが魔法の教育を施していた。

その教育が仇《あだ》となってしまったか。

「そうか……」

『なあに、人間一人くらいすぐに見つかりますよ。もっとどーんと気長に待ちましょう』

火の玉の物言いにカミラは腹が立ってくる。


――だったら早く見つけてこい！


だが、ここでそれを言っても仕方がない。

ぐっと怒りを噛《か》み殺《ころ》す。

「ブラッドが見つかっていないなら、どうしてお前は私のところにきた？　私を煽《あお》っているつもりか？」

『とんでもございません——魔王様から手紙が届いたので、カミラ様にお伝えしようかと思いまして』

　魔王様。

　その名前を聞いて、カミラは縮み上がるような思いになった。

「そ、それを早く言え！」

『いや……なかなか言わせてくれませんでしたし……』

「まあいい。それで手紙は——」

『こちらになります』

　カミラの手元にぼわっと手紙が現れる。

「あまり見たくないな……嫌な予感しかしないし……」

　そもそも、魔王は遠くの者とも会話が出来る魔法を使える。

　だからわざわざ手紙を書く必要はないはずだが——魔王様は古風なやり方が好きなお方。

　今までもたびたび手紙という手段で、カミラ達と交信を取ってきた。

「今に限っては、面と向かって上手く話せる気もしないから、手紙の方が助かるが——まあ怖がっていてもしょうがない。早速読むか」

　カミラは恐る恐る封を開けた。

そこにはこんな手紙が入っていた。

『四天王達へ

あと十日ほどでそちらに戻れるとは思う。

私の愛《いと》しい愛しいブラッドちゃんは元気にしてるかな？　ちゃんとご飯、食べてるかな？

ブラッドちゃんは私に比べて、食が細いからなあ。心配になってくるのだ。

私が帰ったら、ブラッドちゃんも交えて盛大にパーティーをやろう。そしてほっぺにちゅーちゅーしてやるのだ。

あっ、これはブラッドちゃんには内緒だぞ！　恥ずかしいからな！

ではそれまで魔王城を任せたぞ。

魔王より』

「……っ！」

言葉を失ってしまう。

魔王はブラッドのことが大大大好きだ。

そのことはこの手紙からも痛いほど分かる。

「何度も何度もブラッドと書いて……よっぽどブラッドに会われるのが楽しみのようだ」

それなのに「ブラッドは家出しました」と伝えれば、どうなるだろうか。

……考えただけでも鳥肌が立つ。なんとしてでもそれだけは阻止しなければならない。

『どうしました、カミラ様。顔が青白いですが？』

「うるさい！　そんなことを言っている暇があったら、さっさとブラッドを捜しにいけ！」

一喝すると、火の玉は『お、仰せのままに！』と言ってその場から消えた。

「はあ……ブラッド、お前はどこにいるんだ。早く戻ってきてくれ！」

カミラの声は空《むな》しく城内に響き渡るのであった。

# 第二話

あれから三日が経《た》った。

その間、俺はギルドで簡単な依頼をこなしたり、アリエルに剣を教えていたが……。

「ブリス！　見てください！」

早朝。

いつもの空き地に行くと、アリエルが俺を見るなり目を輝かせた。

「どうしたんだ？」

「よく見ててくださいね……一度しか出来ないかもしれませんので」

アリエルが剣を構え、目の前の木を見据える。

彼女は一度、大きく深呼吸をして、

「気斬《きざん》！」

と剣を振るうと衝撃波が飛び、木に衝突。

すると木の幹に小さな斬り傷が残った。

「や、やりましたわ！」

すぐにアリエルはその場でジャンプして喜ぶ。

「す、すごいな、アリエル！　もうこんなに出来るなんて……やっぱり才能がある」

「ありがとうございます！　……ですが、これではまだ戦闘で使いものにならないでしょうし、あなたの気斬と比べると、全然ですね。もっと頑張らないと……！」

一転、アリエルは表情を引き締め直した。

「そんなことはない。元々俺だって、ここまで出来るのにアリエル以上に時間がかかったしな」

「そうなんですか？」

「ああ。だからアリエルがここまで出来るのは、正直想像以上の早さだ。おめでとう」

俺が手放しに賞賛すると、アリエルはさらに嬉《うれ》しそうな表情になった。

「これをさらに使いこなせるようになれば、アリエルなら《千本華《せんぼんか》》を全て気斬で放てるようになるかもしれないいな」

「せ、《千本華《せんぼんか》》をですか⁉」

思いつきで口にしたが、アリエルが予想以上に話に食いついてきた。

「ああ」

「そんなこと出来るようになったら、あなたみたいにゴブリンキングを簡単に倒せるようになるかもしれません。胸躍りますわ」

「胸躍るな」

そう遠くはない未来に、彼女ならそれを可能とする……何故《なぜ》だか俺はそんな確信を抱いていた。


バッサバッサ。

「……ん？」

そんなことを話していたら、上空から鳥の羽ばたき音が聞こえた。

鳥は降下して、そのままアリエルの肩に乗った。

「伝羽鳥《でんばどり》……どうやらギルドからのようです」

よく見ると、鳥の脚に紙が結び付けられている。

「伝羽鳥？」

「遠くの人に手紙を渡すことが出来る鳥ですわ」

「そんなことが出来る鳥なんているのか」

「ええ。わたくし、ほら……これでもSランクではないですか？　緊急の依頼も多いので、ギルドの伝羽鳥にわたくしの匂いを覚えさせているんですよ。そのおかげで──街中限定にはなりますが──こうしてすぐにギルドと連絡を取ることが出来ますの」

便利な鳥だな。

アリエルは手紙を受け取ると、伝羽鳥は満足したように再び空に戻っていった。

「えーっと……なになに。ギルドに今すぐ来て欲しい、という内容でしたわ」

アリエルが手紙を広げ、そう口にする。

「Sランク冒険者も大変なんだな。そんな風に呼び出されるなんて」

「これがSランク冒険者の使命ですから。街の平和を守るために仕方ないことですわ。わたくしもこれで満足してますし」

冒険者は自由な仕事だと思っていたが、どうやらランクが上がると行動を縛られることも多いようだ。

「取りあえず、すぐにギルドに向かわなければなりませんね」

「だな」

ここで今日のところはアリエルとお別れだな。

「では行きましょうか」

「え？」

立ち去ろうとしたら、彼女はそんな俺の腕を引っ張ってきた。

「呼ばれたのはアリエルだけだろう？」

「その……ブリスにも来て欲しいなって」

「俺に？」

「ええ。その……ブリスも一緒に来てくれたら、心強いんですが……」

もじもじしながらアリエルが答える。

「俺が行っても役に立つのか？　俺、まだ冒険者になりたてだぞ？」

「ふふ、大丈夫ですわ。なんせブリスはわたくしの師匠なんですから」

「師匠って……大袈裟《おおげさ》だなあ」

「大袈裟じゃありません」

ウィンクするアリエル。

今まで四天王から教えられる立場だったのに……いきなり師匠だなんて、俺も出世したものだ。

正直戸惑う。

……まあいっか。どうせ暇だしな。

俺はアリエルに連れられ、ギルドへと急いだ。


「アリエルさん」

ギルドに着くと、受付嬢のシエラさんがアリエルの名前を呼んだ。

「伝羽鳥から呼び出しを受けまして。ブリスも連れてきたのですが、よかったですか？」

「は、はい！　どちらにせよブリスさんにもお願いしようと思っていたことですので！　アリエルさんとは違って、どこにいるか分からなかったので——連れてきてもらえて助かります！」

どうやら俺も付いてきて正解だったようだな。

なんなんだろう……。

「それでどうしたんですか？」

「ノワールの森にゴブリンキングが大量出現したじゃないですか」

「ええ」

「アリエルさんに、その調査隊の隊長になって欲しくって」

シエラさんが言うと、俺とアリエルはお互いに顔を見合わせた。

「わたくしが……調査隊の隊長ですか？」

アリエルが質問すると、シエラさんはコクリと首を縦に振った。

「はい」

「でもどうしてわたくしが？」

「アリエルさんは当ギルドで唯一のSランク冒険者ですからね。これほど、ふさわしい方もいないと思うのですが……？」

まあ確かにそれは言えてる。

「やっぱり……ゴブリンキングの大量出現は、森の異変だと――ギルドはそう見ているんですよね？」

今度は俺が問いかけると、再びシエラさんは頷《うなず》いた。

「はい。今までノワールの森でこんなことが起こったことはありませんでした。ゴブリンキングが一体現れただけでも、ギルドでは騒ぎになっていたんですよ。それなのに……いきなり十体以上だなんて。森でなにか異変が起こっている可能性があります。このまま放置しておくとあまりよくない事態を生むかもしれません」

「あまりよくない事態とは？」

「たとえば……《大騒動《スタンピード》》が起こるような可能性です」

その単語に、アリエルの表情が一瞬強《こわ》ばった。

《大騒動《スタンピード》》とは、大量の魔物が一気に街に押し寄せてくる現象――だったはずだ。

魔物が増えすぎると、その街の冒険者や兵士達《たち》だけでは対処しきれなくなってしまう。

そうなるとキャパがオーバーし、街の中にまで魔物が入り込んできて――壊滅的な被害が出る。

最悪の場合、街を放棄する必要もあるだろう。

このようなことが起こらないように、冒険者は街の近くの魔物を定期的に狩っているのだ。

――と四天王のカミラ姉《ねえ》が偉そうに講釈を垂れていたことを俺は思い出していた。

あいつ等《ら》の言うことも、たまには役に立つものだ。

「まだそれくらいなら、かなり苦しい戦いにはなりますが、街の冒険者全員で対処出来ます。まあブリスさんがいるので、それすらも杞憂《きゆう》かもしれませんが」

とシエラさんは話を続ける。

「しかしこれが二十、三十体以上となれば？　《大騒動《スタンピード》》になり、街は大変なことになってしまいます。このような事態になる前に、ギルドではゴブリンキング大量出現の理由を突き止め、《大騒動《スタンピード》》を未然に防がなければなりません」

うむ。シエラさんの言っていることはごもっともなことだな。

Sランク冒険者のアリエルに頼むほどだ。ギルドもこの事態を重く見ているということか。

「……分かりました。わたくしに隊長が務まるかは分かりませんが、なんとかやり遂げてみせますわ」

「あ、ありがとうございます！」

「ですが！」

アリエルが人差し指を突き立てる。

「一つだけ条件があります」

「な、なんでしょうか……？」

恐る恐るシエラさんは口を動かす。

アリエルは突き立てた指をそのまま動かし……俺を指差した。

「ブリスも調査隊のメンバーに加えてください。それが条件ですわ」

「俺か？」

急に話を振られ、つい聞き返してしまう。

だが、シエラさんは「なにを当たり前なことを」といった顔で、

「は、はい！　もちろんです！　それにどちらにせよ、ブリスさんにも声をかけようと思っていました。実力的にも申し分ありませんし、前はあれだけ大量のゴブリンキングを倒してましたからね！」

と捲《まく》し立《た》てるような勢いで言った。

まいったな……。

どうやら俺も参加する流れだ。

「ブリス。よろしいでしょうか？」

「まあそれで街の平和が守れるなら……それに俺もゴブリンキングについては気になるしな」

俺はどうやら結構強いみたいなのだ。

俺にとっては大したことのない魔物だが、アリエルですらゴブリンキングを倒すのに手間取っていた。

行かないわけにもいかないだろう。彼女のことも心配だし。

「その調査隊は何人くらいを予定しているんですか？」

と俺はシエラさんに質問した。

「十人程度を予定しています。それ以上増えると、統率が取れなくなる可能性もありますからね」

「まあ多ければ多いほど良《い》い、という単純な話でもないでしょうからね」

無難な判断だろう。

「いつ作戦を決行するのでしょうか？」

今度はアリエルが訊《たず》ねる。

「急なんですが、明日の朝を予定しています。本当は今すぐにでも……と言いたいところですが、調査隊のメンバーをまだ集めきれていませんので……。でもアリエルさんが隊長をしてくれるとなったら、きっとみなさんも快諾してくれると思いますよ」

「分かりました――ブリス、明日は頑張りましょう」

「ああ」

と俺は頷いた。

◆　◆

翌朝。

俺とアリエルは森の入り口で、調査隊のみんなが集まるのを待っていた。

集合時刻よりもかなり早く来たので、まだ俺とアリエルの二人しかいない。

「ブリス。みんなが来る前に、一つだけアドバイスさせてもらっていいでしょうか？」

「なんだ？」

「その……謙虚なブリスも素晴らしいと思うんですが、みんなの前では敬語は止《や》めた方がいいと思うんですの」

アリエルは何故だか、申し訳なさそうな口調で告げた。

「確か敬語を使っていたら、他の冒険者に舐《な》められる……だっけな」

俺が言うと、アリエルはコクリと頷く。

「ええ。ただでさえブリスはDランクなんですからね。もちろんランクだけで、人の優劣を決めるなど愚かなことだと思いますわ。ですが、自分よりランクが下の人間を見下す方も、中にはいますので……」

「まあ舐められても、あまり良い気分にはならないな」

「でしょう？　だからブリスは堂々としておけはいいですわ。実力は誰よりもあることは確かですので」

「誰よりも実力があるかどうかは別として——分かった。ありがとう」

彼女とそんな話をしていたら、続々と調査隊の他のメンバーが集まってきた。


「これで全員でしょうか?」


集結したゴブリンキング調査隊のメンバーを眺め、アリエルが問う。

最終的にシエラさんから聞いていた調査隊の人数は、俺達を入れて十人ぴったりだった。

「初めましての方は初めまして。わたくしはアリエルと申しますわ。一応今回の調査隊の隊長をやらせていただくことになっています。仕切るのは不慣れですが、頑張ります。よろしくお願いいたしますわ」

ペコリとアリエルが頭を下げた。

その様子を見て、他の冒険者達は……、

「わあ……Sランク冒険者のアリエルさんだ。やっぱりキレイな方だなあ」

「後で握手してもらおうかな」

「おいおい。まずは依頼を無事にこなさないといけねえぞ。ゴブリンキングを相手にするのは、さすがに骨が折れる」

とアリエルに見惚《みと》れているようであった。

「はは！　一時的とはいえ、アリエルさんと一緒にパーティーを組めるなんて光栄だぜ。オレはチャド。よろしくな」

チャドと名乗った男が、アリエルと握手をする。

「えーっと、君は……」

困惑した表情で、チャドが俺に視線を移す。

「俺はブリスだ。俺も調査隊のメンバーに加わっている」

「ブリス……どこかで聞いたことあるような……」

「ブリスはこれでも、ゴブリンキング十体以上を一人で倒したんですよ。この調査隊のエースですわ。えっへん」

チャドが記憶をさかのぼっていると、隣からアリエルがフォローを入れる。

どうしてアリエルがそんなに誇らしげなんだろう？

「ゴ、ゴブリンキングを一人で⁉　そういや、そんな噂《うわさ》がギルド中で流れていたな。しかもDランクの新人だって。嘘《うそ》だと思っていたが、まさか本当だったとは……」

チャドは俺を見て、驚きを隠せないようであった。

「その……なんだ。俺がDランクだからといって、心配しないでくれ」

「ああ、もちろんだ！　なんせアリエルさんのお墨付きなんだからな。君も握手してもらってもいいか？」

「もちろんだ」

チャドと手を握り合う。

続いて、他のメンバーも続々と俺の周りに集まってきて、いくつか言葉を交わす。良かった。どうやらランクが下だからといって、無駄に俺を見下してくるような輩《やから》はいないみたいだな。

だが——その中でみんなの輪から外れて、一人でぽつんと立っている少女に俺は目がいった。

「……君は？」

話しかけると少女はゆっくりとこちらに顔を向けた。

「エドラ……。魔法使い。よろしく」

彼女——エドラはそう短く名乗ると、すぐに俺から視線を逸《そ》らす。

白のフードを被《かぶ》った少女である。全体的にダウナーな雰囲気が漂っているが、顔立ちは整っていてとても可愛《かわい》らしい。

銀色の髪は三つ編みにくくっていて、眼鏡をかけている。一見どこを見つめているか分からない瞳が印象的だった。

「エドラ……確かAランクの魔法使いですわよね？」

アリエルが近寄りエドラに訊ねるが、彼女から返事はなかった。

「知ってるのか？」

「ええ、有名人ですもの。実力は確かですが、誰とも連《つる》もうとしないって。まさか調査隊のメンバーに加わってくれるとは思っていませんでしたわ」

アリエルが驚いていると、

「報酬が……よかったから」

またもや最低限の言葉でエドラは答えた。

しかし相変わらず、俺達と視線を合わせようとしてくれない。

この子と上手《うま》く連携して戦えるだろうか？

——そう少し心配になるが、不思議とエドラが悪い子ではないと、俺は予感していた。

その証拠に——エドラは顔を逸らしたものの、チラチラとこちらを気にしているよう。

「どうした？」

「……！」

問いかけると、すぐにエドラは慌てて顔をぷいっと別の方向に向けてしまった。

魔法使いの中にはコミュニケーションが苦手な研究者タイプも多い。エドラもその類だということならいいんだが。

「それにしても魔法か」

そう聞くと、どうしても四天王の《魔法》の最強格であるクレア姉《ねえ》を思い出してしまうな。

彼女はことあるごとに、俺を魔法で痛めつけてきた。

『くくく。ブラッドが毒で苦しんでいる顔も可愛いのう！　よし、あと三セットじゃ。もう少しでお主は毒の極致を体感するはずじゃ！』

クレア姉は常々そんなことを言っていたが、結局俺は『毒の極致』なるものを拝めたことがない。

「……ダメだ、ダメだ。俺は生まれ変わったんだ。あいつ等のことを思い出すのは止めよう」

「ブリス？」

アリエルが首をかしげる。

「な、なんでもない。じゃあ準備も出来たし、早速調査を開始しようか」

「ですわね」

アリエルが先導し、俺達調査隊のメンバーはノワールの森を進んでいくのであった。

調査開始だ。

ほどなくして、前回俺達がゴブリンキングと戦ったところまで調査隊は辿《たど》り着《つ》いた。

「ここです」

アリエルがそう言って立ち止まる。

「それにしても……本当にここで十体以上のゴブリンキングと戦ったのか？　にわかには信じがたいんだが……」

「本当ですわ」

チャドの質問にアリエルが首肯した。

「わたくしも……あの時は死ぬかと思いましたわ。だけど白馬に乗った王子様が助けにきてくれたのです」

「王子様？」

「ええ」

……なんか嫌な予感がするな。

「それがここにいるブリスですわ」

予感的中。

アリエルが口にすると、一斉に俺にみんなの注目が集まった。

「すごいな。早くブリスの戦いっぷりを見てみたいよ」

「はい！　ブリスはすごくてカッコいいんです！　あの時、ゴブリンキングに殺されかけているわたくしに対して、ブリスはなんと言ったと思います？　『ちょっとどいてな。俺がすぐに片付けてやっからよ』と！」

「おお……まるで物語の主人公みたいだ」

そんなこと、言った覚えがないんだが⁉

アリエルの過度に美化された思い出に、調査隊のメンバーから「おー！」と声が上がる。

「……まいったな」

頭を掻《か》く。

調査中ではあるが、パーティーには和やかな雰囲気が漂っていた。

変に緊張しても仕方がないからな。良い傾向だと思う。

「………」

だが、エドラ一人だけがやはりこちらの会話に参加してこようとしなかった。

「どうした。体調が悪いのか？」

俺が手を差し伸べようとすると、エドラがぷいっと視線を逸らしてしまった。

「……体調、悪くない。だいじょぶ」

「だったらいいんだ。話しかけてすまなかったな」

「……いい」

まあ予想出来ていた反応だ。

ゴブリンキングの調査中に、彼女と少しでも打ち解けられればいいな……。

そう思っていた矢先であった。

「ん」

「……ブリス、気付きましたか？」

アリエルも俺と同じように眼光を鋭くした。

「ああ。結構数が多い」

「みたいですわね。こんなところで体力を消耗したくないですが、仕方ありません。手早く片付けましょう」

俺とアリエルの会話に、他の冒険者が「？」ときょとんとした表情を浮かべていた。

しかしその気配がだんだんと近付いてくると共に、他の冒険者達も気付き出す。

「こ、これは……！」

そいつ等はあっという間に俺達のところまで来た。

「ジャイアントビーですわ」

アリエルが剣を抜く。

俺達の前にでかい蜂のような魔物――ジャイアントビーが現れた。

しかも一体ではない。数は三十体ほどだろうか。

「……多分結構強い魔物なんだよな？」

「その通りですわ。多分という言葉が引っ掛かりますが……油断は大敵です」

俺の問いかけに、アリエルが答えた。

あれから俺も、書物とかを読んだりして、魔物の大体の強さを調べた。

あまりに世間の常識とかけ離れていたら、これから苦労すると思ったからだ。

その結果、魔王城の周りによく現れて頭を悩ませていた蚊が、こちらでは『ジャイアントビー』と呼ばれ、恐れられていることが判明した。

こいつ等に刺されると、とっても痒《かゆ》くなる。

そのせいでカミラ姉は「もう！」と言って、よく片手ではたき落としていたものだ。

「ジャイアントビーには毒があります。みなさん、お気をつけください」

「「「おー！」」」

冒険者が気合いの一声を上げる。

「行きますわ！」

アリエルが先頭に立って、ジャイアントビーに斬りかかっていく。

他の冒険者も追随し、ジャイアントビーを狩っていった。

アリエルを筆頭に……みんな、動きが洗練されている。さすがCランク以上の冒険者といったところだろう。

その中でも（アリエルを除けば）、一番体さばきがしっかりしていたのはチャドだった。

「ははは！　やっぱりアリエル嬢はすごいな。まるで舞っているかのようだ」

ジャイアントビーの攻撃を躱《かわ》し、大剣を振るう。なかなかのものだ。

「さて……と。俺もそろそろ本気を出すか」

今後のために調査隊の戦力がどんなものか見極めたかったので加減して戦っていたが——それも済んだ。

こんなところで道草をくってられん。さっさと終わらせるか。

……ん？

「エドラ！」

魔法使いの女の子、エドラの後ろからジャイアントビーが襲いかかろうとした。

気付き、俺は名前を呼ぶが、彼女は反応しきれていない。

「ファイアー！」

手をかざし、即座に炎魔法を俺は発動した。

すると手の平から炎の渦がジャイアントビーに向かっていき、一瞬で焼き払ったのだ。

「……！」

エドラは驚き、焼死したジャイアントビーからすぐに離れる。

「大丈夫か？」

すぐさまエドラのところに駆け寄り、彼女の身を案ずる。

「あなた……魔法使いだったの？　剣士っていう噂が流れてたけど……」

「魔法使いでも剣士でもないな。俺はただ器用貧乏なだけだよ」

肩をすくめる。

「器用貧乏？　なかなか面白いことを言う」

「事実だからな」

「でも……すごい。あんなにすぐに魔法を放てるなんて」

「そうかな？」

「……ありがとう。あなたがいなければ、私はただでは済まなかった」

か細い声でエドラが礼を言った。

少し彼女と打ち解けた。そんな気がした。

「よし……エドラ、ちょっと離れていてくれ。すぐにこいつ等を片付けるから」

再び炎魔法を放つ。

炎が唸《うな》りを上げ残りのジャイアントビー達を包む。

やがて炎が消えた頃には、黒焦げになったジャイアントビーの死体だけが残っていた。

「終わったか」

パンパンと手を払う。

「ブ、ブリス⁉　先ほどのは？」

「魔法だ。下級魔法のファイアーだな」

「先ほどのものがファイアー……？　とてもそうは見えなかったのですが……」

アリエルや他の冒険者からどよめきが起こる。

「……さっきのは上級魔法のファイアートルネード――によく似た、別のなにかだったと思う」

そんなみんなに対して、後ろからエドラが注釈を入れた。

「そんな物騒なものじゃないぞ。ファイアートルネードなんて使ったら、ノワールの森一帯が焼き払われてしまうしな」

クレア姉が使うファイアートルネードはもっとすさまじかったしな。

しかし……俺の声を聞いていないのか、他の冒険者がざわざわと勝手に騒ぎ出す。

「おお……！　ファイアートルネード！」

「ブリス殿は剣の腕前だけではなく、魔法の腕も一級品なのだな！」

「心強い！」


なんかまた勘違いされて、変に俺の評価が上昇しているな。

この調子でいくと、最終的にどうなってしまうんだろうか？

「わ、わたくしは分かっていましたからね！　ブリスならこれくらい……出来て当然ですわ！」

何故かアリエルも張り合っているし。

「……まあいっか。取りあえず邪魔者も片付けたし、もっと奥に進んでいくか」

「そ、そうですわね！」

それに先ほど、ジャイアントビーを察知する前に、他の気になる反応も見つかった。

もっと先に進んでいけば、俺の《探索》の範囲に入る。

まずはそこまで行こう。


俺達はさらに森の奥へと進んでいった。


「少し止まってくれるか？」

森の奥に向かって歩いている途中。

俺はみんなをそう呼び止める。

「どうしました、ブリス？」

アリエルが不思議そうな顔をする。

「気になるものを見つけた」

「気になるもの？」

「ここから数キロ先に大量——かつ強い魔物の反応を感知した」

俺が言うと、調査隊の間にどよめきが起こる。

「数キロ先？　どうしてここからそんなことが分かるんですの？」

「ん？　魔法の《探索》を使ったからだが……」

「《探索》は普通、視界に入る範囲までしか分かりません！　——と今更ブリスに言うのも変な話ですか」

アリエルが呆《あき》れたように溜《た》め息《いき》を吐《つ》く。

しかしすぐに表情を引き締めて。

「どんな魔物ですか？」

「もう少し近付いてみないと、はっきりとは分からないな。しかし明らかに異質だ。そこにゴブリンキング大量発生の理由があるかもしれないし、行ってみないか？」

そう俺が提案すると、彼女は首肯した。

俺の案内に従って、みんなが行動を始める。

「……ブリス。あとどれだけ魔力が残ってる？」

早足で歩いていると、隣にエドラがやってきてそう訊ねた。

「魔力か？　まだまだあり余っているぞ。そうだな……先ほど、ジャイアントビーと戦った時に炎魔法を使っただろう？　あれと同質のものが少なくともあと百発は放てると思う」

「百発……！」

　エドラの眉根がピクリと動く。

「魔力、どれだけあるの？　冒険者になる時、魔力の測定をやったでしょ？　あの時、水晶は何色だった？」

　表情こそ変わらないものの、若干高ぶった様子でエドラが質問を重ねた。

「何色にもならなかった」

「……？」

「というか水晶にヒビが入って、しかも壊れてしまった」

　俺が口にすると、エドラは口をパクパクと開閉した。

「驚いた」

「そうか？」

「あの水晶を割るなんて、普通は有り得ない。ビックリした」

「その割にはあまり驚いた顔をしていないみたいだが」

「……私、感情表現に乏しいみたいだから」

　やはりこう話している間にも、エドラの声には感情の起伏みたいなものが少なそうに思えた。

「そういう口ぶりってことは、誰かに言われたことがあるのか？」

「うん。昔、冒険者パーティーに入ってた頃」

「意外だな。そういうの、あんまり好きそうじゃないのに」

「好きじゃないよ」

エドラの表情が若干暗くなったように感じた。

「だけど……一人でいるより、パーティーを組んでいた方が難しい依頼に挑戦することが出来るから。場合によっては、一人より何倍も効率がいい。だから嫌々、その時に有名だったパーティーに入った」

「でも今はソロで活動しているんだよな？　そこでなんかあったのか？」

「……『お前はなにを考えているか分からん』と言われた。そして『魔法の腕前は一級品だが、お前と一緒にいるとなんだか怖い』って……何度か依頼をこなした後、パーティーを追放されちゃった」

「……すまん。辛《つら》い話だったか？」

「そうでもない」

淡々と告げるエドラ。

「だけど……それからパーティーに入るのが怖くなった。そんなことを言われるのも面倒臭かったし……そっから、ずっと一人でいる」

「なるほどな。まあ人には向き不向きってヤツがある」

「でも私が悪いから……」

沈んだエドラの声。

もしかしたら彼女は自分を責めているのかもしれない。

他人に合わせず、我が道を行くタイプだと思っていたが……やれやれ。俺の観察眼もまだまだだ。

「そんなに気にしなくてもいいと思うぞ」

俺が言うと、エドラは顔を上げた。

「そうかな？」

「人には色々なヤツがいる……んだと思う。エドラはたまたま変なヤツに当たっただけだ」

「そうだ。運が悪かっただけだ。別にソロでやるのも悪くないと思うんだが……一度の失敗を気にして、最初から可能性を潰さなくてもいいと思う。少なくとも……俺はエドラのことは怖くない」

「……ありがと」

短くエドラが礼を言った。

……お。

「今、笑ったか？」

なんだか彼女が嬉しそうに見えたからだ。

「分かる？」

「おお、分かる分かる。やっぱりエドラを追放したヤツ等の方が間違っていたんだ。慣れたら、すぐに分かる」

「ふふ、ありがと」

今度は見てすぐに分かるほどに、エドラが小さく笑った。

うむ。最初はどうなることかと思ったが、彼女と上手くやっていけそうだ。

「それよりも……エドラ、アリエル。近いぞ」

調査隊に緊張が走る。

俺達は早足でそこまで向かっていき、やがて洞穴の前まで辿り着いた。

そこで立ち止まり、俺はみんなにこう言った。

「魔物の巣だ」


「魔物の巣……こんなものがあっただなんて……」

アリエルは驚いた様子。

「知らなかったのか？」

「ええ。ノワールの森は広大ですからね。わたくしでも全てを把握しているわけではありませんので」

調査隊のメンバーを見ると、他も似たような反応であった。

「まあ仕方ないか。見つけにくい場所だしな。しかも比較的新しく出来た魔物の巣だと思う」

「そんなことも分かるんですの？」

「ああ」

魔物の巣については、あの四天王の連中から一通りレクチャーを受けていた。

過保護な魔王から、

『魔物の巣に近付いたらダメだぞ！　危ないからな！　その……ブラッドちゃんには怪我《けが》をしてもらいたくない！』

と散々注意されていたせいである。

《探索》を使ってみたが……魔物の数は百体ほどといったところだ。しかも――中にはゴブリンキングの反応も複数体ある」

「ゴブリンキングですか……ブリスの見立てでは、どれくらいの数がいそうですか？」

アリエルが質問する。

「うーん……正確な数はつかめないが、二十体は超えると思う。きっと仲間内で繁殖を繰り返し、数を増やしたんだろうな」

「に、二十体⁉」

「あと……一体だけ一際強い反応がある。ゴブリンキング以上のな」

他の冒険者もざわつき出す。

俺はみんなを安心させるように、

「心配しないでくれ。二十体ほどだったら、俺がいれば問題ない。一際強い魔物についても、俺とみんなだったら十分勝てる」

と口にした。

「さ、さすがゴブリンキングキラー……！　自信に満ちあふれている！」

「ブリスがいたらなんとかしてくれる！」

するとみんなは勇気が出てきたのか、瞳にやる気がみなぎった。

「ブリス。どうしましょう」

「うーん……」

腕を組んで考える。

「なんかアリエルが隊長のはずなのに、俺が仕切ってるみたいになっているな。別にいいんだが」

「ふふふ。だってあなたはこの調査隊のエースであり、参謀役ですもの。頼りにしていますわ」

参謀役か……まあカッコいい響きだし、悪い気はしない。

「巣の中の魔物については問題ない。しかし……俺はこういうことには不慣れだ。足をすくわれかねない。だからこそ――みんなの意見を聞いてみたいな」

俺が他のメンバーに意見を求める。

すると。

「百体程度の魔物の巣なら、問題なく進めると思う。ゴブリンキングがネックだったが、ブリスが言うならそれも問題ないだろう。だったら今すぐにでも巣に突入してもいいと思う。あまり放置してしまって、ゴブリンキングの数がこれ以上増えても困るしな」

とチャドが真っ先にそう発言した。

他のメンバーにも視線を移してみるが、一様に頷いている。どうやら問題なさそうだ。

「じゃあ隊形を決めるか。今までアリエルが先頭だったが……今回は俺が先頭に立とう。巣の地形を把握しているのは俺だからな。そしてチャドは真ん中、アリエルが最後尾……エドラは俺の近くに……」

と俺はみんなに指示を出す。

「ではみなさん、行きましょう！　油断は禁物ですわよ」

最後に——アリエルがそう声を発し、俺達は魔物の巣の攻略を開始した。

◆　◆

巣の奥へどんどん進んでいく。

途中、何体かゴブリンキングにも遭遇したが、問題なく狩ることが出来た。

「……ブリス。本当にゴブリンキングを紙くずみたいに倒すんだね」

魔物の数も落ち着いてきたところで、エドラが俺に話しかけてきた。

「だから言っただろ。ゴブリンキングについては問題ないって」

「うん……正直ビックリした。ここまでとは思ってなかった」

「そういうエドラも大活躍だったじゃないか。頼りにしてるぞ」

「……ありがと」

エドラが恥ずかしそうに顔を赤らめた。

なんだかこの短時間で、エドラと随分打ち解けた気がする。

最初は表情が乏しい子だと思っていたが、今となっては彼女の感情がすぐに分かる……そんな気がした。

「……みんな。もう少しだ」

俺がみんなに呼びかける。

歩きながら説明は済ませていたので、みんなは警戒心を強める。

「ブリスの言ってた、奥にいる強い魔物の反応？」

「ああ」

そもそも魔物というのは基本的に群れない。

そこまでの知性がないためだ。

それなのに巣を形成しているということは……強烈なカリスマや実力を持った魔物が一体いる。

俺はそう考えたのだ。

ならばその一体を倒せば、魔物達は散り散りになり、結果的に巣が壊滅する可能性が高い。

「いたぞ」

さらに進んでいくと、少し開けた場所に出た。

その魔物を見て、後方からアリエルがこう声を震わせた。

「ゴ、ゴブリンマスター……！」

魔物——ゴブリンマスターは俺達の気配に気付き、ゆっくりと立ち上がった。

「ＧＵＯＯＯＯＯ！」

ゴブリンマスターの雄叫《おたけ》びが洞窟内に響き渡る。

洞窟が僅かに震える。肌がピリピリするような感覚。

間違いない。

「どうやらこいつが親玉のようだな」

みんなが構え、戦闘態勢を取る。

「ブリスは言っていましたが、本当にいただなんて……とても大きいですわ」

アリエルが焦りを含んだ声で答える。

他のみんなも戦う姿勢は見せているものの、どこか逃げ腰で、ゴブリンマスターに臆しているようであった。

ゴブリンマスターはゴブリンキングの変異種である。ゴブリンキングよりも数倍強く、みんながビビるのも無理のないことであった。

だが。

「問題ない。この程度の魔物だったら、みんなと力を合わせればすぐに倒せるからな」

と俺は告げた。

ここに至るまで、何体もゴブリンキングを倒してきた俺の言葉だったからなのか、

「そうだ……！　オレ達にはゴブリンキングキラーのブリスがいる！」

「ブリスだって怖いはずなのに、みんなを奮い立たせてくれているんだ！」

「こんなところで逃げてられねえよ！」


とみんなは戦意を取り戻した。

「ふふふ、絶望的な状況ですが、あなたといればなんでも出来そうな気がしてきますわ」

アリエルに至っては、笑みをこぼすまでになっている。

だが、そんな悠長なことを言っている暇はない。

「はあっ！」

一人の冒険者が躍り出て、ゴブリンマスターに襲いかかった。

キンッ！

しかし――その剣はゴブリンマスターの固い皮膚に阻まれ、根本から折れてしまう。

「GUOOOOO！」

怒りの咆哮《ほうこう》。

ヤツは棍棒《こんぼう》を振り回し、俺達に攻撃を仕掛けてきた。

それを俺達はなんとか躱していく。

「あの固い装甲だけなんとか出来ればいいんだがな」

ゴブリンマスターと戦いながらも、俺はそう冷静に分析した。

俺も含め、みんながゴブリンマスターの猛攻を潜《くぐ》り抜《ぬ》け、剣や槍《やり》を振るうが——ゴブリンマスターにまともな傷一つ付けることすら出来ていないのだ。

魔力によって皮膚が補強されている？　しかしゴブリンマスターはそんな器用な魔法など使えないはずだ。ならばどうして？

と注意深く観察を続けていたが。

「ん？」

ヤツの額に赤い宝石のようなものが埋め込まれていることを俺は発見した。

「あれはもしかして魔石か……？」

なんであんなものがヤツに埋め込まれているんだ？

「だが……どうやらあの魔石から魔力が供給され、ゴブリンマスターが強化されているみたいだな」

と俺はすぐさまゴブリンマスターの体内に流れる魔力——そして魔石を解析した。

つまりあの魔石を破壊さえしてしまえば、ゴブリンマスターを弱体化させることが出来るに違いない。

「エドラ」

ゴブリンマスターの攻撃を躱しながら一旦距離を取りつつ、後方で魔法を放っていたエドラに話しかける。

「――一つ考えがある。あの額に埋め込まれている魔石が見えるか？」

「あ、本当だ……どうしてあんなところに魔石が……？」

「詳しい話は省く。しかし――今からエドラはあの魔石目掛けて、魔法を放って欲しい。そうすればあれを破壊――とまではいかなくても、一時的に魔石が使用不可の状態になって、ヤツが弱体化すると思う。そしてその間に、俺がヤツにトドメを刺す」

「シンプルで良い考え。でも……私の魔法じゃ魔石に届く前に、きっとゴブリンマスターに弾《はじ》かれる。魔石に傷一つ付けることも出来ない」

「それなら心配ない。エドラの魔法は一級品だ。きっとヤツに届く」

ここまで辿り着くまでの間、エドラの魔法は散々見てきたからな。

「俺を信じてくれ……出来るか？」

「う、うん。ブリスが言うなら」

「決まりだな」

ポンとエドラの肩を軽く叩《たた》く。

よし……これで完了だ。

「頼んだぞ、エドラ！」

「うん！」

エドラは先ほどよりも強く返事をした。

そしてゴブリンマスターに手をかざし、

「ライトニングアロー！」

魔法を発動する。

「え……なに？　こんなに威力が出せたのは初めて……」

エドラの戸惑いの声。

雷の矢が手の平から発射され、ゴブリンマスターに襲いかかっていった。

神速の雷矢にゴブリンマスターは反応出来ていない。

「GUOOOOO！」

そのまま額に直撃し、赤い魔石が眩《まばゆ》い光を放った。

「でかした、エドラ！」

俺はその場で跳躍し、ゴブリンマスターの頭上から斬りつける。

緑色の血飛沫《ちしぶき》が辺りに飛んだ。

よし！

「GUOOOOOOOOO！」

ゴブリンマスターが悲鳴を上げる。

俺はそれを見逃さず、畳み掛けるように何度も剣を振るった。

「GU……OO……！」

すると——ゴブリンマスターの悲鳴がだんだん細くなっていき、やがてゆっくりとその巨体が傾いていった。

ズシーン！

そのまま地面に倒れ、動かなくなるゴブリンマスター。微動だにしない。

「死に……ました？」

アリエルが恐る恐る言う。

「ああ……生体反応がない。正真正銘、ゴブリンマスターは死んだ」

俺がそう言うと、当初みんなから反応がなかった。

しかし理解がやっとのことで追いついたのか——辺りに歓喜の声が沸いた。

「やりましたわ！」

動かなくなったゴブリンマスターを見て、アリエルが飛び跳ねる。

その喜び方は無邪気な子どもそのもののようで、なんとも可愛らしい。

そして喜んでいるのはもちろん、彼女だけではなかった。

「や、やったぞ！　オレ達がゴブリンマスターを倒したんだ……！」

「オレ達じゃないだろ？　ほとんどブリスがやっちまったじゃねえか！」

「ほんと、ブリス様様だよな！　まさか本当にゴブリンマスターに勝てるなんて……」

歓喜の輪が調査隊の間に広がっていく。

「エドラ。大丈夫か？」

「平気。魔力はまだ残ってるから」

その中で一人、喜ばずに立ちすくんでいる……ように見えるエドラに俺は話しかける。

「さっきの雷魔法、すごかったな。やっぱりエドラはやれば出来るんだ」

「そ、そんなこと……それに――」

エドラがなにか言いそうになるが、俺は被せるように声にする。

「エドラの魔法攻撃で魔石が一時的に使用不可になった。今回のヒーローは間違いなくエドラだよ」

頭をポンポンと叩く。

「～～～～～～～！」

するとエドラの顔が耳たぶまで真っ赤になっていた。

僅かにプルプルと体が震えている。彼女の瞳がとろーんとして、俺を見上げる。

「不意打ち……ヤバい。そういうの止めて……」

「ん？　すまんすまん。不快だったか？　少し興奮してしまってな」

「そ、そうじゃな――」

俺が手を離すと、エドラは名残惜しそうな顔をしていた。

「ブリス」

アリエルが俺の名前を呼ぶ。

「本当にありがとうございました……あなたがいなければ、ゴブリンマスターには勝てなかったでしょう」

「そんなことない。みんなが俺をフォローしてくれたおかげだよ」

本気でそう思っていたが、

「ふふふ、やはりブリスは謙虚なお方ですね。そういうあなたも素敵ですわ」

とアリエルはなにを勘違いしたかは分からないが、微笑《ほほえ》んだ。

まあいい。今はそれよりも。

「この額に埋め込まれている魔石……なんでこんなものが？」

俺は地面に倒れ、動かなくなっているゴブリンマスターに近付いて、額から魔石を取り出す。

紅色《べにいろ》の光を放つ魔石だ。紅色の魔石——とでも呼ぼうか。

手の平サイズくらいで、魔石の中でも一際大きい部類だと思う。

これだけダメージを与えても、未《いま》だに魔石は機能を失っていない。どれだけ上質な魔石なんだ
……こんなもの、見たことがないぞ。

「アリエル。魔物に魔石が埋め込まれていることは、よくあることなのか？」

「いえ、少なくともわたくしは聞いたことがありませんわ」

アリエルが首を横に振る。

他のみんなにも聞いてみたが、似たような反応だった。

「それならどうして……」

「分かりません。ですが、ゴブリンキングが突然変異してゴブリンマスターになったのは、その魔石が原因かもしれません。その証拠に」

アリエルがゴブリンマスターの死体を指さす。

魔力の供給が絶たれたためなのか――俺が魔石を取り出すと、見る見るうちにゴブリンマスターの体が縮んでいったのだ。

「……でしょう？」

「みたいだな」

紅色の魔石によって、ゴブリンマスターの体に大きな変化があった――ということなのか？体に変化が起こるほどの膨大な魔力。やはりこの魔石はタダモノではない。

「どうして埋め込まれていたのかな？　ゴブリンキングがたまたま拾ったのか？　それとも――誰かが埋め込んだ……？」

「それについても分かりません。ですが、仮に後者だとしたら――どうしてゴブリンキングに魔石を埋め込む必要があるのでしょう？　そう考えると、たまたまゴブリンキングが魔石を拾ってきて、好奇心でそれを額に埋め込んでみた――という可能性の方が高そうですわ」

まあ――確かに。

どちらにせよ断定は出来なそうだ。

この魔石は持ち帰ることにしよう。

「まあとにかく……これで一件落着だな」

巣の中にいるゴブリンキングは、ここに来るまでの道中で全て始末した。

まだ他の魔物は少し残っているが……巣の主であると考えられるゴブリンマスターを倒したのだ。

強烈なカリスマと実力を持った魔物がいなくなったことにより、近いうちに巣は崩壊するだろう。

「ですわね。ほっと一安心です」

安堵《あんど》の息を吐くアリエル。

「じゃあそろそろ帰ろうか。ギルドのシエラさんには、このゴブリンマスターを手土産に報告すれば十分だろう」

俺が言うと、彼女は頷いた。

その後、俺が収納魔法を使ってゴブリンマスターをおさめると、他のメンバーは一様に驚いた表情を作っていた。

◆　◆

ブリス達が戦っている場所とは違う、少し離れた場所にて。

「ゴブリンマスターがやられたか……」

男が水晶を前にして、一人呟《つぶや》く。

水晶にはブリス達が喜んでいる光景が映し出されている。

「あの少年はノーマークだった。まさかあれほどの少年がノワールにいたとはな……要注意だ」

しかし実験は上手くいった。

もう少し魔力の供給を安定化させることが出来れば、実用化にまた一歩近付くだろう。

そうすればあれを使うことが出来るかもしれない。

「計画は順調に進んでいる」

部屋の外では雷が鳴り響いている。

暗雲は立ちこめているが、まだ雨は降っていない。これから大雨になりそうだ。

男は窓の外を眺めてこう言う。

「世界を我が手に」

その声は、再び鳴り響いた雷の音でかき消された。

# 第三話

魔王城。

城の入り口で配下達《たち》が並び、魔王の帰還を出迎えていた。

そこにはもちろん、四天王の姿もあった。


「うむ。戻ってきたぞ」


頭を下げる配下に向かって、魔王は堂々と告げた。

見た目は褐色肌の幼女である。

頭からは二本の角を生やし、内に秘めたる膨人な魔力に気付けば、ただの幼女ではないことはすぐに分かるが――そうでなければ、ただの小さな女の子で、とてもではないが魔王軍を統べる魔王には見えなかった。

「魔王様。お元気そうでなによりです」

四天王の一人《治癒》の最強格、ブレンダが頭を下げたまま言う。

「顔を上げてよいぞ。そうへりくだらなくてもよい」

「はっ」

魔王に言われ、ブレンダはゆっくりと顔を上げた。

「四天王の皆も元気そうではないか。しっかりと城を守ってくれていたようだな」

満足そうに魔王が告げる。

そしてキョロキョロと辺りを見渡した。

まずい……！

ブレンダはすぐさま機転を利かせ、口を開く。

「ま、魔王様もお疲れでしょう。今日のところはお休みになってはいかがですか？　お風呂にしますか？　それともご飯？　魔王様が大好きなふかふかお布団も、用意しておりますので……」

「おお、そうかそうか。我はこの城のふかふかお布団が大好きなのだ。お日様の匂いがするからのう」

「だったら……」

「だが、休む前に一つ聞いておきたいことがある」

心臓が縮み上がるような思い。

魔王は周囲を眺めつつ、こう続けた。

「ブラッドちゃんはどこにおるのだ？」


「――っ」

ついに来たか。

四天王はあれから、ブラッドを血眼になって捜していた。

それはそれは血反吐《ちへど》を吐くような日々だった。

（しかし……結局ブラッドは見つからなかった）

一体どこにいるのやら。

そしてブラッドが見つからないまま、とうとう魔王の帰還当日となってしまったわけである。

「ブ、ブラッドは……」

「どこにもいないようだが？　も、もしやブラッドちゃんの身になにかよからぬことが……」

「い、いえ！」

ブレンダが慌てて、魔王にこう告げた。

「ブ、ブラッドは――魔王様の帰還祝いのプレゼントを買いに、城外に出かけています！」

「なぬ。そ、それは本当か？」

魔王の眉根がピクリと動く。

もう後戻りは出来ない。

後ろから残りの四天王達からの熱視線を感じる。四天王の中で比較的口が上手《うま》いブレンダが、誤魔化す役目となったのだ。

ブレンダは四天王達の未来、そしてこの世界の平和を願いつつ、早口でこう捲《まく》し立《た》てた。

「ほ、本当です！　魔王様が城に帰られるのは久しぶりですからね。今頃、とびっきりのプレゼントを探しているはずです！」

「おお、そうかそうか。我のブラッドちゃんがそんなことを……嬉《うれ》しいのう」

魔王の機嫌が見る見るうちに良くなっていく。

しかしすぐに、

「だが、どうして戻ってきていないのだ？　我が戻る日はブラッドちゃんに伝えているだろう？」

「も、もちろんです！」

「なら……」

「な、なかなかプレゼント選びに苦戦しているようです！　ブラッドもなんとか間に合わせようとしたんですが、無理だったようで……あ、安心してくださいっ！　魔王様がまた出かけるまでには、必ず戻ってきますので！」

これが昨夜、四天王達が必死に考えた『取りあえず問題を先延ばしにしよう作戦』である。

正直苦しい言い訳だとブレンダは自分でも思った。

だが。

「ふふふ、ブラッドちゃんが我のために、そんな必死になってプレゼントを選んでくれるのは嬉しいのう。それなら仕方がないか……」

少し落ち込んだ様子ながらも、どうやら魔王にブレンダの嘘《うそ》はバレていないようだった。

「しかし」

「ひゃ、ひゃい！」

ギロッと魔王がブレンダを見る。

一睨《ひとにら》みされただけで、ブレンダは蛇に睨まれたカエルのような気分になった。

「ブラッドちゃん一人だけでは危険ではないのか？　城の外は危険で満ちあふれておる。古代竜《エンシェントドラゴン》なんかに遭遇すれば、食べられちゃうかもしれない。人間の間でよからぬ噂《うわさ》も聞くしな。それなのにお主等は、ブラッドちゃんを一人で行かせたということなのか……？」

「い、いえ！　もちろん、ブラッド一人ではありません！　万全を期して四天王のカミラを護衛につかせています！」

「ほお」

そう……現在、《魔法》の最強格クレア、《支援》の最強格であるローレンス、そしてブレンダがこの場にいるのだが、カミラだけがいない。

そのことを言われるまで気付かなかったほど、魔王はブラッド一人しか眼中にないということだろう。

無論――カミラをブラッドの護衛につかせているうんぬんの話は嘘だ。

こうしている間にも、カミラだけをブラッドの捜索にあたらせていた。

本当なら、四天王全員で捜したいものの……そんなことをしてしまえば、さすがに魔王に勘付かれてしまうかもしれない。

（せめて……こうして時間を稼いでいる間にも、カミラがブラッドを見つけることが出来れば……！）

「カミラがいるなら、大丈夫か……まあそもそも、ブラッドちゃん一人だけでも十分強いからのう。あまり過保護にするのもいかんか」

魔王は言った。

「まだ魔王様は、ブラッドをご自分の正統後継者とお考えで？」

「うむ。もちろんだ」

力強い言葉で断定する魔王。

「剣、魔法、治癒、支援……それぞれの分野においては、四天王のお主等に敵《かな》う者は誰一人おらんだろう。しかし……こと、全ての分野で総合して考えた時、我の次にブラッドが最強であることは間違いないのだからな」

「ご、ごもっともです！」

そんなことはブレンダ達だって分かっていた。

しかし、それが分かってブラッドが調子に乗って鍛錬を止《や》めてしまわないように……四天王達は口裏を合わせ、心を鬼にして今まで厳しく接してきた。

結果、それが裏目に出てしまったわけだが……。

「まあブラッドちゃんのことは、ひとまず置いておこう」

ブレンダが内心焦りまくっているのに対して、魔王はうーんと背伸びをする。

「我はお腹《なか》が空《す》いた。ブレンダ、今日のディナーはもう用意しておるかのう？」

「もちろんです！　すぐに食堂に来てください！」

表面上は表情を変えないブレンダ。

しかし心の内では「た、助かったー！」と絶叫したい思いに駆られていた。

とはいえ、問題を先延ばしにしただけだ。

魔王様がいるうちに、カミラがブラッドを見つけてこなければ……よくて空は暗黒。悪くて世界滅亡のバッドエンドに直行する。

（頼みましたよ……カミラ）

今頃カミラはどこにいるのだろうか……。

◆　◆

城外、とある平原。

「今頃、あいつ等《ら》は脂汗を流して、魔王様を出迎えているだろうな……」

残りの四天王達の姿を思い浮かべ、カミラはそう口にした。

ブラッドが見つからないまま、とうとう魔王様帰還の日となってしまった。

今頃残りの四天王達はあたふたしているだろう。

「しかし……今日も空は青い」

それが唯一の救いだ。

カミラは青空が好きというわけでもない。

しかし魔王様の逆鱗《げきりん》に触れれば、たちまち空は暗雲に包まれる。

まだそうなっていないのは、ブレンダが上手く誤魔化してくれたのだろう――そう考えたからだ。

「とにかく……！　早くブラッドを見つけなければ！」

一応、手がかりはある。

クレアが魔法の《探索》を使っていたのだが――どうやらこの地域周辺でブラッドらしき反応があったらしいのだ。

（どうやらなにか激しい戦いがあって、その時にそっちに意識を持っていかれたからじゃないか――とクレアは推測していたが……）

それは極めて小さな反応で、クレアでなければ見逃してしまうほどのものであった。確証も持てないらしい。

とはいえ他になんの手がかりもないので、調べても損はないだろう。

（全く……いくら捜す範囲が広大かつ、ブラッドが《探索》から逃れるために魔法を施しているとはいえ、《魔法》の最強格を名乗るのだから、さっさと見つけて欲しいところだ）

自分のことは棚に上げ、憤慨するカミラであった。

それから歩き出して、しばらくしてからのこと。

馬車が前方から迫ってきているかと思えば、それは通りすぎず、カミラの前で止まった。

そしてそこから何人かの人相の悪い男が出てきて、彼女にこう言ったのである。

「止まれ」

当初カミラはそいつ等を無視して、歩みを止めなかった。

だが。

「止まれって言っているだろうが！　オレ様の言っていることが分からねえのか！」

男の一人がカミラの肩をつかむ。

彼女はそれを鬱陶しそうに払い、ようやく振り返ってこう言った。

「貴様はなにを考えている？　私に命令するとは良《い》い度胸だな」

「ああん？　オレ様達を見て、分かんねえのか。舐《な》めた口利いてるとぶっ飛ばすぞ！」

男の口調は荒々しい。さらに育ちの悪さが顔から滲《にじ》み出《で》ているようで、カミラはかなり不快な気分に駆られた。

「賊の類か？」

カミラは問いかける。

「はっ……！　どうとでも勝手に言うがいいさ。どうせやることは変わらない」

男から返ってきたのはそんな言葉である。

男達の表情は余裕に満ちていた。

カミラはそいつ等を観察しながら、こう続ける。

「……血の匂いが酷《ひど》いな。今まで何人も人を殺してきたんだろう。洗濯はしてるのか？　身なりに気をつけなければ、女にモテんぞ」

「なんだ、てめえは？　なにを訳の分からないことを——ああ、もう面倒臭い」

男達が剣を抜き、カミラに相対する。

「てめえは美人だからな。奴隷として売っぱらえば、変態貴族共が高い値段を付けてくれるだろう。まあ——その前にオレ様達を存分に楽しませてもらうけどな」

「へっへっへ。まさかこんなところで、上玉が手に入るとはな」

「オレ達と遊ぼうぜ」

「はあ……」

カミラは無意識に溜《た》め息《いき》を吐《つ》いてしまう。

やはり予想していた通り、こいつ等は真性のクズだ。

人間の中には、こういう下品な輩《やから》もいる……これこそが、カミラがあまり人間を好きになれない理由の一つであった。

……まあブラッドは別であるが。

「かかれ！」

男達がカミラに襲いかかる。

しかし。


「遅い」

カミラが男達の反対側に走り抜ける。

「ん……あれ？　オレ、動けなく……？」

それは遅れてやってきた。

血飛沫《ちしぶき》が周囲に飛び散る。

一瞬であった。

そのせいで盗賊の男達は悲鳴すら上げることなく、物言わぬ屍《しかばね》となったのであった。

「ふん……っ。口ほどにもないな」

この一瞬の間でカミラは剣を抜き、男達を一掃したのだ。

罪悪感は湧かない。

男達は自分の欲望のために人を殺してきただろうし、その報いを受けただけのことだ。

「この程度で偉そうにしているとはな。情けないと自分で思わないのだろうか」

これじゃあブラッドの方が何百倍もマシだ。

（いや比べるのもおかしいか……）

今はまだカミラの方が強いものの、ブラッドも後何年か修行を積めば、彼女の力量を抜き去るだろう。

とんでもない才能の持ち主。そして努力も出来る男であった。あんな人間をブラッド以外では見たことがない。

だからだろう。

ついつい指導に力が入ってしまったせいで、彼は家から出て行ってしまった。

「……さて。こんなところで道草をくっている場合ではないな。早くブラッドを捜さなければ……ん？」

気付く。

——馬車の中にもう一人いる？

敵意はなさそうだが、一応確認しておくか。

近付き中を見ると、

「ほう……子どもか」

一人の幼女がいた。

両手両足が鎖で繋《つな》がれており、ボロボロの服を着せられている。

「奴隷として売られるところだったか」

カミラが鎖を壊しながら言うと、幼女は恐る恐るといった感じで頷《うなず》いた。

「しかしもう安心するといい。盗賊は死んだ。貴様は自由だ。どこにでも行くといいさ」

カミラはそう言い残し、立ち去ろうとした時であった。

「……なんのつもりだ？」

去ろうとするカミラの服の端を、幼女がちょこんとつまんでいた。

「あ、ありがとうございます……わ、わたし……村の外で遊んでたら、その怖い人達に攫《さら》われちゃって……まだ変なことはされてなかったけど、このままじゃ酷い目に遭わされると思っていて……だからお姉ちゃんには、お礼を言わないとって」

「お姉ちゃん？　私のことか？」

「う、うん……」

たどたどしい口調である。

（お姉ちゃん――か。ブラッドも小さい頃はそう呼んでくれたな）

カミラは目の前の幼女と幼い頃のブラッドを重ねてしまい、懐かしい気持ちに駆られた。

「そうか。まあ別に感謝しなくていいぞ。貴様を助けようとしたわけでもないしな。じゃあ私は……」

「ま、待って！」

気にせず歩き出そうとすると、幼女が一際大きい声を出す。

「も、もしよかったら……わたしを村まで送ってくれませんか？」

「なんで私がそんなことをしなければならない」

「わたし一人じゃ帰れないから……また同じような怖い人達に攫われるか、魔物に殺されちゃう……それにお姉ちゃん、とってもカッコよかった。もうちょっと一緒にいたいなって」

幼女の言うことにも一理ある。

なんら力を持たない幼女がこんなところで放り出されても、そう遠くないうちに魔物にでも殺されるのが関の山だろう。

「しかしだな……私は忙しいのだ」

「お願い。お姉ちゃんの言うことなら、なんでも聞くから」

力強い瞳でカミラを見る幼女。

（本当に今日は厄介事に巻き込まれるな……）

カミラは深く溜め息を吐き。

「分かった。貴様をその村まで送ってやる」

「あ、ありがとうございます！」

「しかし！　私は自分より下の者に合わせるのは嫌いだ。私は私の都合を優先させてもらう。捜し物をしているものでな。他の街や村に立ち寄りながら、貴様の故郷に向かう——私が行くところに、貴様が付いてくるだけだ。そこは肝に銘じておけ」

「うん！　分かった！」

幼女のいたいけな瞳を見ていると、どうしても断ることが出来ないお人《ひと》好《よ》しのカミラであった。

（まあお供が一人増えたところで、大した問題ではないだろうしな）

「貴様、名前は？」

「ルリ」

「ルリか……良い名前だな」

一体私はなにをしているのだ……。

思わぬ仲間の追加に、カミラは頭が痛くなるのであった。

◆　◆

「「かんぱーい！」」

声と同時に、グラスが高々と掲げられた。


「今日のおかげで、オレはBランクに昇格出来そうだぜ……！」

「ブリスのおかげで上手くいった！」

「本当にブリス様様だよな！」


調査隊のメンバーが酒を飲みながら、次々と俺を賞賛していく。

「……騒がしいのは苦手だが、たまにはこういうのもいいもんだな」

俺はエールが入ったグラスを口に傾け、依頼達成の余韻に浸っていた。

酒は初めて飲む。

飲もうとしたら、四天王の連中に「ブラッドがお酒を飲むなんてまだ早い！」と止められていたからだ。

初めての酒の味は少々苦かった。

だが、楽しそうな場の雰囲気につられて、俺もつい酒が進むのであった。

――俺達はゴブリンマスターを倒した後《のち》、すぐにノワールへと戻った。


無論、調査は大成功。さらにはゴブリンキング大量発生の原因となった魔物まで倒したのだ。

ギルドからは盛大に迎えられ、俺達は多額の報酬金を手にして、それをみんなで山分けした。

今回組んだ調査隊――パーティーはあくまで一時的なものである。

この依頼が終われば、速やかに解散となり、またいつも通りの日常に戻るはずだった。

だが、それではいくらなんでも味気なさすぎる……というわけで俺達は街で有名な酒場に繰り出し、みんなで打ち上げパーティーをすることになった。

もちろん俺とアリエル、そしてエドラもこの打ち上げに参加し、各々楽しい時間を過ごしていた。

「ブ、ブリスさん⁉　本当に私、ここに来てもよかったんですか？」

「いつも世話になっていますから」

ギルドの受付嬢であるシエラさんが、肩幅を小さくして椅子にちょこんと座っている。

本来なら一介の受付嬢が打ち上げに参加することは、おかしいんだが……調査隊の他の男達が「シエラさんも来てくださいよ！」と引っ張ってきたことにより、晴れて彼女も参加となった。

シエラさんは当初、

『私がですか⁉　私、ただの受付嬢ですよ？　打ち上げに参加するのはおかしいですってば！』

と断っていたが、

『まあ……ブリスさんも行くなら行きたい……かな』

と付いてきてくれることになったのだ。

「それにしてもブリスさん！　本当にすごいですね！」

「なにがです？」

「とぼけないでくださいよ。ゴブリンマスターを倒したのは、ほとんどブリスさん一人だけの力と聞いてますよ！」

「そんなことはないですよ。みんなの力があってのことです」

実際、調査隊のみんながいなければ、こうして無事に依頼を達成することも出来なかっただろうからな。

「さすがブリスさんですね……そういう謙虚なところ、私は本当に好きですよ」

「そういうつもりで言ったわけじゃないですが……」

こんなやり取りも何度目になるだろう？

もう好きなだけ言ってくれ。

「今日はいっぱい飲ませてもらいますね！　あっ、その前に……他の人達にもお礼を言ってきます！」

シエラさんは名残惜しそうにしながらも、一旦席から離れた。

礼儀も忘れない良い子だなあ。

「なあ、ブリス」

次に、一人となった俺の元に近寄ってきたのはチャドである。

「お前……誰を狙ってるんだ？」

「なんの話だ？」

「決まってるじゃないか——女だ。お前も男だから、好きな人の一人や二人いるんじゃないか？」

なにを言っている。

……こいつ、もしや酔ってるな。

「好きな人か……そんなものはまだいないな」

「はは、しらばくれるなって。誰が一番なんだ？」

「だから……」

「エドラもいいよな。ちっちゃくて可愛《かわい》い。受付のシエラさんも捨てがたい。知ってるか？　シエラさんって実は結構巨乳なんだぜ？」

なんと。

いつもの制服の上からでは胸の膨らみが分かりにくいが……そういう特徴もあっただなんて。

挨拶回りしているシエラさんの横顔に視線がいってしまうが、なんだか悪いような気がしてすぐに逸《そ》らしてしまう。

「まあ可愛いし、仕事は出来るからな」

「全くだ。だが……一番はやっぱりアリエルさんだろう。アリエルさん、お前に随分ぞっこんのよ

ないだろうからだ。

「ああ。羨ましいかぎりだ。ノワールでもとびっきりの美女に言い寄られているなんて……」

アリエルは俺に好意を抱いているとは思っている。さもなければ、これほど俺の面倒を見てくれ
「俺に？」

うだが？」


しかしそれはなにも、男女間での『好き』という意味ではないに違いない。

彼女は世間知らずの俺のことが心配なのだ。だから構ってくれる。

そこを決して勘違いしてはいけない。勘違い男の末路は悲惨だと相場が決まっているからだ。

「チャ、チャド!?　なにを言っているんですかーっ！」

チャドと話し込んでいると、その様子がアリエルに見つかってしまった。

「おっと、この話はまた今度だな。後は二人で仲良くお喋《しゃべ》りしておきな」

ウィンクをしてチャドは俺から離れていった。

一体なんだったんだ。

「全く……チャドに変なことを言われていませんか？」

「変なこと？　ただ世間話をしていただけだ」

「だったらいいのですが……あっ、お隣。座ってもよろしいでしょうか？」

「もちろん」

アリエルが俺の隣の席に腰を下ろす。

「アリエル。もしかして結構飲んでるのか？」

「ええ……お酒なんて飲むの、久しぶりですから。こういう日くらいは飲んでも大丈夫ですわよね」

アリエルがコップ片手に言う。

「エール……じゃなさそうだな。赤色の美味《おい》しそうなジュースみたいに見えるが、それはなんなんだ？」

「さくらんぼ酒です。甘くて美味しいですわよ」

「だったら俺も同じヤツを頼もう」

「ふふふ。今夜はとことん付き合ってもらいますわね」

「望むところだ」

さくらんぼ酒を注文すると、ウェイトレスさんがすぐに運んできてくれた。俺はそれを受け取り、早速口を付けてみる。

……うん。確かに彼女の言った通り、ジュースみたいな味だ。

だが、ほのかにアルコールの匂いも感じる。調子に乗って飲みすぎてしまっては、すぐに酔っぱらってしまうだろう。

「ブリス……あなたは本当にすごい人ですわね」

「突然なんなんだ？」

「キレイな目……もっと見せてください」

俺の疑問に答えず、アリエルがぐいっと顔を近付けてきた。

長い睫毛《まつげ》。通った鼻筋。雪原のような肌。

彼女の息づかいが感じ取れるくらいまで顔が接近しているせいで、俺はどぎまぎしてしまう。

「お、おい……」

「本当にキレイですわ。吸い込まれてしまいそう……あぁ」

「！」

アリエルが俺の目をじーっと見たかと思うと、そのまま胸へダイブしてきたのだ。

「ア、アリエル？　どうしたんだ」

揺さぶりながら名前を呼んでみるが、返事はこない。

「……酔っぱらってる」

慌てていると、気付けばエドラが隣に立っていた。

エドラはジト目で俺達を眺めている。

「結構飲んだみたいだからな」

「アリエル、いつもは冷静沈着で真面目《まじめ》な冒険者だと聞いてる。酔い潰れるなんて、絶対にしない。それでも……こういう風になってしまったのは、きっとあなたのせい」

「俺が悪いのか？」

「悪い……というのはちょっと変な言い方。悪いじゃなくて、きっとこれは良いこと。きっとあなたと一緒にお酒を飲んで、楽しかったから……我を失ってしまった」

確かに——エドラの言う通り、アリエルがこんなに酔っぱらうことなんて想像だにしていなかった。

「ん〜」

アリエルが俺の首に両腕を回す。

「お、おい。アリエル……」

すぐに体を離そうとするが、強い力で抱きつかれているため、それは無理だった。

「アリエル。これはさすがにまずい。その……なんだ。アリエルみたいなキレイな女の子が、俺みたいな男に引っ付いているのは……」

「ブリス……良い匂いがしますわ。もっと嗅がせてください」

「――――！」

アリエルが俺の首もとに顔を近付ける。

いつもの彼女とは違い、妖艶な雰囲気が漂っていた。

あまりに密着しているものだから、彼女の息がふっと首もとにかかって、つい体の力が抜けてしまう。

「だ、だから離れろって――――！」

「嫌です」

むにゅ。

俺の胸板に柔らかいものが当たっている……。

こ、これは……もしや女の子特有の柔らかい胸の膨らみか!?

「ア、アリエル！」

「………………」

言葉が返ってこない。代わりに小さくて可愛らしい寝息が聞こえた。

どうやら眠ってしまったようである。

「困ったな……」

アルコールというのは毒の一種だ。

つまり俺がアリエルに解毒の治癒魔法をかけてやれば、すぐに元の彼女に戻ってくれるだろう。

だが。

「まあそれは無粋か」

しかしアリエルが眠りに落ちてしまったおかげで、なんとか体を離すことが出来た。

「このまま横にして、一人にさせておこうか？」

「それはダメ」

俺の提案を、エドラが否定する。

「アリエルは可愛らしい女の子。ちょっと目を離したら悪い男に食べられちゃうかもしれない」

「いくら酔っぱらっているとはいえ、さすがに身に危険が迫ったら起きると思うが……」

「女の子というものはか弱い生き物。ちゃんと男に守ってもらわないとダメ。だから――」

エドラはアリエルの頭を、そのまま俺の膝に置いた。

「な、なんのつもりだ⁉」

「こうやって膝枕してあげて、ブリスが見守らないと。だけど……それはいくらなんでも羨ましすぎだから、私も」

むぎゅっ。

エドラが俺の左腕を抱いて密着する。

「……ブリスと一緒にアリエルを見守る」

「そうだとしても、エドラが俺に引っ付く必要はないと思うんだが⁉」

呼びかけるが、エドラも離れようとしなかった。

よく見るとエドラの頬が薄くピンク色に染まっている。アリエルほどではないが、エドラも酒に酔っているのだろうか。

「はあ……まあいっか」

溜め息を吐く。

そうだ——俺もこのまま酔ってしまえば、どうでもよくなるに違いない！

そう思って自分にしてはハイペースでお酒を飲んでいったが、二人の美少女が近くにいるせいで、残念ながら酔っぱらうことは出来なかった。

◆　◆

翌朝になった。

俺はアリエルへの剣術指南のために、いつも通り街外れの空き地に向かう。

昨晩のことを思い出す。

彼女は大分酔っぱらっていた。果たして時間通りに顔を見せるだろうか……？

遅刻してくるかもと思っていたが――空き地に行くと、遅れるどころか既にアリエルが俺を待っていた。

「アリエル？」

しかしどうやら様子がおかしい。

俯《うつむ》いて、なにも言葉を発しようとしない。

「どうした。体調が悪いのか？　だったら今日は止めておこ――」

「す、すみませんでした！」

開口一番。

アリエルは俺の言葉に被《かぶ》せるようにして言って、深々と頭を下げた。

「昨日は……お恥ずかしいところを……本当にわたくしとしたことが……」

「記憶はあるのか？」

「……あまりありません」

記憶がなくなるほど飲んだということか。

アリエルはとつとつと話し始める。

「今朝……他の人達から話を聞いて、自分のしてしまった過ちに気付きました。ブリスにはとんだ迷惑を……」

「なあに、気にしなくていい。楽しかったしな」

それは心からの本音であった。

仲間達と一緒にどんちゃん騒ぎをするなんてことは、生まれて初めての経験だったしな。

「なんなら感謝しているほどだ。楽しい時間をありがとう」

「〜！　ブリスは優しすぎですわ。だから、わたくしはあなたのことを……」

「ん？」

「な、なんでもありません！」

次に彼女は顔を真っ赤にした。

表情豊かだな。

「まあ昨日のことを言うのはこれで終わりだ。今日も鍛錬を始めよう」

「は、はい！」


それから俺は朝の日課を終わらせて、アリエルと一緒に冒険者ギルドに向かった。

調査隊の一件で多額の報酬金を貰《もら》った。しばらくは働かなくても十分であろう。

しかし……これは性分の話なのだが、なにもせずにぼーっとしているのも無理だった。

仕事中毒とも言える。今まで四天王達に散々コキ使われてきたせいだろうか。

というわけでなにか依頼はないかと、受付嬢のシエラさんに声をかけたのだが……。

「アリエルさん」

シエラさんはアリエルの顔を見るなり、そう名前を呼んだ。

「シエラさんにも昨日は迷惑をかけてしまい……」

「いえいえ、気にしなくていいですよ！　私も楽しかったですから！」

しょぼんと肩を落とすアリエルの背中を、シエラさんはポンポンと叩《たた》きながら慰める。

「そんなことよりも、今日はアリエルさんに伝言を預かっていまして」

「伝言？」

アリエルが首をかしげる。

シエラさんはテーブルの引き出しから一通の封筒を取り出し、それを彼女に見せた。

「これがなんなのか分かりますよね？」

「——！」

アリエルの息を呑《の》み込《こ》む音。

彼女はシエラさんから封筒を受け取り、すぐに中身を確認する。

見る見るうちに顔色が悪くなっていった。

「どうしたんだ？」

「……あまりよくない事態になってしまいましたわ」

頭を抱えるアリエル。

「よくない事態？　もしやまたゴブリンマスターみたいな魔物が出現……とか？」

「いえ……そういうのではありませんが……よかったらブリスもご覧になってください」

アリエルが差し出してきた紙に視線を移す。

「んーっと……なになに。『今すぐ家に帰ってきなさい。　byバイロン・クアミア』……このバイロン・クアミアってのは誰なんだ？」

訊《たず》ねはしてみるものの、アリエルはなかなか口を開こうとしてくれなかった。

その様子を見て、俺の勘が働く。

「もしかして……家族か？」

「……はい」

小さな声で返事をするアリエル。

うむ……どうやら当たりのようだ。まるで家族の人が娘を呼ぶような文面だったから言ってみたものの……俺の勘も捨てたもんじゃない。

そういえば、今までアリエルの家族については聞いたことがなかったな。

「あれ、ブリスさん。もしかしてまだ知らないんですか？」

シエラさんがきょとんとした表情で俺を見た。

「なにをだ？」

「お二人とも仲が良いですから、とっくに知ってると思いましたよ。アリエルさん、ブリスさんに教えても大丈夫ですか？」

「……はい」

アリエルが渋々頷く。

シエラさんはコホンと一つ咳払《せきばら》いをして。

「アリエルさんは……」

◆　◆

「まさかアリエルが領主の娘だったなんてな」

馬車の中で、俺はアリエルにそう声を投げかけた。

「はい……」

「どうして嫌そうな顔をしているんだ?」

「あまりあなたには知られたくありませんでしたので」

アリエルはあの手紙を受け取ってから、ずっと暗い表情のままだった。

——あれから俺は、シエラさんからアリエルの家庭事情について話を聞いた。

なんでもアリエルは、この辺り一帯の領主である『クアミア家』という伯爵一家の、一人娘だそうだ。

そして手紙にあったバイロンという名前は、アリエルの父親だったらしい。

アリエルの丁寧な言葉遣いから、高貴な身分とは思っていたが……まさかノワールの領主と親子関係にあったとは。

「ふーん……まあ俺は相手が貴族だからといって関係ない。アリエルがよければ、今後も仲良くしてくれると助かる」

「本当ですの？」

アリエルが顔を上げる。

「あ、ああ。もちろんだ。だが、どうしてそんなに前のめりなんだ？」

「嬉しくって……！」

胸の前で手を組むアリエル。

うむ……アリエルがなにを心配していたか分からないが、彼女にも色々悩み事があるらしい。

本来——俺が付いていくのは変な話だが、シエラさんから渡された手紙には『ブリス君も一緒に来て欲しい』ということが書かれていた。

なので俺達は一緒に、クアミア家のお屋敷《やしき》を目指しているわけだ。

道中、俺達は他愛《たわい》もない話をしながら、クアミア家の屋敷まで真《ま》っ直《す》ぐ向かった。

「なかなか立派な建物だな」

馬車を降ろされて最初に目に付いたのは、豪壮な構えの建物であった。

少しの間、その建物を眺めていると……。

「お嬢様。お待ちしておりました」

一人のメイドが入り口からやって来て、俺達を出迎えた。

「シェリル。久しぶりですね」

アリエルが声をかける。

「お嬢様もお元気そうでなによりです」

そう言うメイド……シェリルさんは表情を一切変えなかった。どことなくエドラに似た雰囲気を感じる。

「ブリス、彼女はクアミア家の筆頭メイド、シェリルです」

「筆頭？　随分若いように見えるが？」

「若いからといって侮らないでくださいませ」

とシェリルさんは淡々と口にした。

「すみません。俺はブリスです。よろしくお願いします」

「よろしくお願いいたします」

握手をしようと手を差し出したが、シェリルさんはぷいっと視線を逸らして応じてくれなかった。

俺、いきなり嫌われたのか？

「お嬢様。ご主人様がお待ちかねです。どうぞこちらへ」

淡々とシェリルさんが告げ、屋敷の中に向かって歩き出した。

俺達もその後を追いかける。

「なあ、アリエル」

「なんでしょうか？」

「俺……シェリルさんに聞こえないように、ひそひそ声でアリエルに話しかけた。

シェリルさんに嫌われてんのか？」

「……？　そういうわけではないと思いますが」

「でも……」

「ふふ。シェリルはそういう人なんですの。別にあなたのことが嫌いなわけではないと思いますので、安心してください」

微笑《ほほえ》むアリエル。

まあ嫌われていなかったらなによりだ。

「お嬢様、こちらです」

やがて大きな扉の前につき、シェリルさんがそれを押し開ける。

中では……。


「アリエルよ、久しぶりだな」

白髭《しらひげ》でダンディーなおじさんと、その隣に執事らしき男が立っていた。

「お父様、お久しぶりです。とはいっても三ヵ月ぶりくらいでしょうか」

「三ヵ月もだ」

おじさんが苦笑する。

「ブリス。あらためてご紹介いたしますわ。この人がわたくしの父、バイロン。そして隣にいるのが執事のディルクです」

シェリルさんに引き続いて、アリエルが目の前のおじさん……バイロンさんを紹介してくれた。

というかいつの間にかシェリルさんがいなくなっている。自分の役目が終わったら、さっさといなくなるとは……プロだ。

執事のディルクさんは、軽く頭を下げただけでなにも言葉を発しなかった。

しかし一瞬、俺を見るディルクさんの目が光ったように感じた。

まあ……彼にとって、俺は完全なる部外者だ。警戒するのも無理はないだろう。

俺はバイロンさんに視線を移して。

「初めまして。俺はブリスです」

「君の噂は常々聞いているよ。なんでもゴブリンマスターをたった一人で倒したそうではないか」

「そんなことはありません。あれは調査隊みんなの力です」

「謙虚な男だとも聞いていたが、話の通りだったみたいだな」

バイロンさんの感心するような声。

褒めてはくれているが、俺を品定めするような厳しい視線を感じた。

「それでお父様。ご用はなんでしょうか？」

アリエルが話の本題に入る。

「用？　父が娘に会いたいと思うのは不自然なことかね？」

「わたくし、これでも冒険者として忙しいんですの。あまりこういうことに時間を割いていられないのですが？」

アリエルの険がある声。

——珍しいな。

いつも優しいアリエルがこんな風に人と接するところを見るのは、初めてかもしれない。

もしかしてこの二人、仲が悪かったりするのだろうか。

「冒険者として……ね」

バイロンさんは含みを持たせた言い方をする。

「聞いたぞ。なんでもSランクに昇格したらしいではないか」

「そうですわ。これでもノワール唯一のSランクなんですよ」

「それは素晴らしいことだ。しかしアリエルよ……そろそろ冒険者を——」

バイロンさんがなにか言いかける。

しかしそれに被せるようにして、

「バイロン様。客人もいらっしゃいますし、そのことはお嬢様とお二人きりになってからお話ししては？」

　と執事のディルクさんがすかさずそう制した。

「う、うむ……そうだったな」

　バイロンさんが頷く。

　主人であるバイロンさんに、こう真っ直ぐ進言出来るとは……ディルクさんがいかに信頼されているかが窺《うかが》えた。

「ブリスよ、今日は泊まっていくといい。部屋を用意しておる。この屋敷には広い風呂もあるし、ゆっくりとしていってくれ」

「いいのですか？」

「そなたは冒険者になったばかりだが、かなり優秀と聞いておる。そのおかげでノワールも平和が保たれている。歓迎するのは当然のことだろう？」

「……じゃあお言葉に甘えまして」

　それにアリエルも心配だしな。

　すぐに帰るのもあれだし、バイロンさんの言葉を受け入れよう。

「ではシェリルよ。客人を部屋まで案内してくれ。私はアリエルともう少し話があるからな」

「はっ」

　うおっ、ビックリした！

　いなくなったと思っていたシェリルさんが、いつの間にか隣に立っていた。

気配を消す能力が尋常ではない……。

「では行きましょう」

「は、はい……」

心臓がバクバクしていたが、それを悟られないように俺はそう冷静に返した。

部屋から出て行こうとする時。

「ブリスよ。最後に一つ、聞かせてもらってもよいか？」

バイロンさんに声をかけられた。

「なんでしょうか？」

「その……なんだ。アリエルとはどういう関係なのだ？」

関係？

「友達ですね。俺が冒険者になりたての頃に、色々教えてもらいましたので」

「友達か……うむ。友達ならギリ大丈夫だ」

ギリ？

ならその線を越えてしまえば、どうなるというのだろうか。

バイロンさんはコホンと一つ咳払いをして、仰々しくこう続けた。

「だが——一応警告しておく。もし……私の娘に手を出そうとしたら、クアミア家の全力を挙げて貴様……失敬。そなたを殺——罰を与えなければならない。そこは分かっているだろうな？」

いや、今殺すって言いかけたよな⁉

バイロンさんから放たれるものものしい威圧感に、思わず俺は足がすくんでしまっていた。

「ちなみに……手を出すってどのレベルですか？」

「肌と肌が触れ合うレベルだ」

厳しっ！

だがバイロンさんの表情を見ると、冗談を言っているわけではないらしい。どうやら本気で言っているようだ。

「は、はは……そんなこと、ないに決まっているじゃないですか。安心してください。では俺はこれで……」

「うむ」

扉が閉められる。

その……あれだな。

昨日酒場で起こったことは、バイロンさんに言えるわけもない。

◆　◆

「ではブリス様――こちらが浴場になります。今の時間はブリス様一人だけですので、ゆっくりとご堪能《たんのう》くださいませ」
あれから――用意された寝室でくつろいでいると、シェリルさんがやって来て俺を浴場まで案内してくれた。

「ありがとうございます」

「いえいえ。ブリス様は大切な客人ですので」

シェリルさんの無機質な声。

やっぱり嫌われているのだろうか……。

まあアリエルに「そうじゃない」と言われたし、あまり気にするのも止めておこう。

俺は浴場に続く扉を開けようと、ドアノブに手をかけると……。

「ブリス様。一つ質問してもよろしいでしょうか？」

「質問？」

「はい──ブリス様はアリエル様のことを、どうお思いなんでしょうか？」

不意打ちで、そんなとんでもない質問が飛んできたので、つい言葉に詰まってしまう。

「さ、さっきも言ったでしょう？　アリエルは大切なお友達です。それ以上でもそれ以下でもないですよ」

ここで油断して変なことを口走ってしまっては、後でバイロンさんに報告されてしまうかもしれない……。

そう思い、俺は言葉を選びながら慎重に答えた。

しかし。

「念のために申し上げておきますと……バイロン様のことを気にされているようでしたら、それは大丈夫です。ここでブリス様がなにをおっしゃろうと、私はバイロン様に報告を上げるつもりはございませんから」

とシェリルさんは俺の回答に不満顔であった。

そうは言うものの、どこでなにを聞かれているか分からないのだ。あれから時間も結構経《た》っているので、アリエル達の話も終わっているだろう。バイロンさんがたまたま近くを通りかからないとも限らない。

それでも――それを抜きにして、アリエルのことを考える。

「……とてもキレイな女性だと思います。あんな人が俺の友達になってくれるなんて夢のようです」

これも本音。

「そうですか……」

だが、シェリルさんの望む回答は、またすることが出来なかったみたいだった。

「どうしたんですか。いきなりそんな質問」

「いえいえ。少し気になっただけです」

それ以上質問しても、シェリルさんはもうなにも答えてくれそうになかった。

一体なんなんだ……。

なんだかもやもやするが……まあ風呂に浸《つ》からせてもらって、気持ちをリセットしよう。

「ではシェリルさん。入ってきますね」

「ごゆっくりどうぞ」

中に入り扉を閉めると、

「やはり……少し初心《うぶ》な男性みたいです。仕方がありません。やはりあの手を使うしか――」

と彼女の声が微《かす》かに聞こえてきたが、あまり聞いちゃいけない気がしてすぐに扉から離れた。

「ふう……良い湯だな」

さすが伯爵家のお屋敷。

浴場もとんでもなく広く、一人で入るのはなんだか罪悪感が湧いてくる。

「誰かと入りたいところだが……まあそう贅沢《ぜいたく》を言うのも変な話か」

なんて独り言を言っていると。

「シェリル。どうしてあなたも付いてくるんですか⁉」

「ふふ。久しぶりにお嬢様とお風呂に入りたかったんです。ダメでしょうか？」

「そうは言っていませんが……」

脱衣所の方から、二人の女の声が聞こえた。

こ、これは……アリエルとシェリルさんの声⁉　どうして彼女達が脱衣所に？

布がするすると落ちる音も聞こえてくる。どうやらこのまま浴場に入ってきそうだ。

――どうして⁉

俺がいることはシェリルさんが知っているはずなのに……。

すぐにここから脱出しようとするが、出入り口は脱衣所の扉のみ。このまま出てはアリエル達と鉢合わせになってしまう。

俺は慌てて浴槽から上がり、近くの物陰に姿を潜めた。

「この浴場に来るのも久しぶりですが……やっぱりお風呂はいいものですね」

そのまま浴場に入らず帰ってくれることを期待していたが……それも空《むな》しく、二人の女性が中に入ってきた。

やはりアリエルとシェリルさんだ。

当たり前だが、二人とも一糸まとわぬ姿である。

湯気でよく見えないが……アリエルの裸身に思わず俺は目を奪われてしまう。

女性らしい胸の膨らみ。小ぶりなお尻が歩く度に左右に揺れる。

ここから見ていても、肌が白く滑らかなことが分かる。まるで芸術品のように均整の取れた裸体が、今俺の目の前にあるのだ。

「ここ以外では、なかなか湯にお浸かりになることもないでしょう。さあさあ、ゆっくりお話しいたしましょう」

隣を歩くシェリルさんも当然裸。まるで果実のような上向きのつんとしたお尻が丸見えだった。

胸はアリエルに比べると、少し控えめであったが、それが不思議と扇情的に見えた。

二人がゆっくりと湯に足を浸ける。

今だったら逃げ出せるか……？　いや、一歩でも動いたら物音が立ってしまい、二人に気付かれてしまうかもしれない。

今はここで息を潜めているしかない……。

「で……どうされたんですか？　なにか浮かない顔をしていますが」

シェリルさんがアリエルに問う。

「……お父様のことですわ」

「ご主人様ですか？　ですが、こうして屋敷に呼び出されるということは、大体なにを言われるかご想像がついていたでしょう？」

「それはそうですが……」

「違うでしょう。お嬢様がそのような浮かない顔をしている理由……それは一つしかございません」

「え？」

きょとんとしたアリエルの顔の前に、シェリルさんは人差し指を一本立てる。

「ブリス様のことです」

「！」

この時、何故《なぜ》だかアリエルの顔が急速に赤くなっていった。

――俺のこと？

一体なんのことだ。

「そ、そんなこと、ありません！　どうしてわたくしがブリスのことで浮かない顔をしなければ……」

「図星のようですね」

シェリルさんがじーっとアリエルの瞳を見ている。

「………」

「それはそうですよね。なんせ『友達』と言われましたからね」

シェリルさんの追及に、やがてアリエルは諦めたように溜め息を吐き。

「シェリルの言う通りです。ブリスのあの『友達』発言について、もやもやしていましたの」

「それはどうして？」

「分かりません。どうしてこんなにもやもやするのか……」

アリエルが自分の胸に手を当てる。

お湯にぷかーっと浮いている二つの膨らみに、否応《いやおう》なしに俺は目がいってしまった。

その時、シェリルさんの眼光が鋭く光ったように見えた。

「お嬢様、私の推測を申し上げます。お嬢様がもやもやしている原因――それは恋でございます」

「こ、恋⁉　な、なにを言っていますのですか！」

思わず立ち上がってしまうアリエル。

相当慌てているのだろうか、変な言葉遣いにもなっている。

しかし立ち上がったせいで、アリエルの裸体がまたもや露《あら》わになってしまった。

「恋ですよ、恋。お嬢様はブリス様と友達になりたいわけではございませんよね。つまり……『恋人』になりたいわけです！」

「そ、そんなこと……」

「ブリス様、カッコいいですもんね～。優しそうですし。しかもあれでお強いとなったら、女性なら全員惚《ほ》れてしまっても無理はございません」

優しいかどうかはともかく、俺がカッコいい？

どうしてシェリルさんがそんなことを？

さっきまで喋っていたシェリルさんの口から、そんな言葉が飛び出すとは思いもしていなかったぞ。

それにアリエルが俺に恋って――有り得ない。

彼女はキレイだ。

他の冒険者からも尊敬されており、彼女と付き合いたいと思う男共は星の数ほどいるだろう。

それなのに彼女がわざわざ俺に惚れる理由がない。

しかしアリエルは慌てて。

「ち、違いますよぉ……そりゃあブリスがわたくしの、その……特別な人だったら嬉しいですが、そんな恋だなんて……」

特別な人？

一応、俺とアリエルは師弟という関係だ。

そういう意味では、もうとっくに特別な人であることには変わりないと思うんだが？　彼女はなにを言っているのだろうか。

「……ちっ。あの親馬鹿のご主人様のせいで、アリエル様がこんなに初心《うぶ》になってしまわれた。これではあの鈍感男と同じです。ここでアリエル様の本当の気持ちをおっしゃってもらうつもりでしたが……」

「シェ、シェリル？　今、なにか言いましたか？」

「なんでもございません」

シェリルさんはそう言っているが、俺の耳には聞こえてしまった……さっき間違いなく舌打ちしたのを。

「ええい！　こうなったら強硬手段です！　恋のキューピッドとしてこのシェリル！　一肌脱ぐのです！」

今度はシェリルさんも立ち上がった。

そしてあろうことか——アリエルの後ろに回り込み、そこから前面に手を伸ばして彼女の胸を揉《も》み出したのだ！

「きゃっ！」

アリエルの口から小さな悲鳴が上がる。

「さあ、おっしゃってください！　そして——ここでぶちまけるのです！　ブリス様に対する、アリエル様の本当のお気持ちをっ！」

「ちょ、ちょょっとシェリル!?　止めてください。あっ……そこは弱い……っ！」

シェリルさんは胸を揉むばかりではなく、アリエルの乳首をさらに爪先でコリコリし出した。

「あっ……！」

アリエルの口から嬌声《きょうせい》が上がる。

徐々に顎が上がっていき、吐息も断続的になっていった。

「そ、そこっ……ダ、ダメですわっ！　変な気持ちになっちゃいます……んっ、あっ！」

シェリルさんがコリコリするごとに、アリエルの体がビクンッビクンッと痙攣《けいれん》する。

両足が内股になったりして、必死にシェリルさんの動きから逃れようとしていた。

だが。

「アリエル様、逃がしませんよ。アリエル様がおっしゃってくれるまで、私は動きを止めません」

シェリルさんの猛攻は止まらない。

アリエルもSランク冒険者だ。本来なら、シェリルさんの細腕くらい軽く振り払えると思うが
……何故か今は力をなくしているようで、シェリルさんの動きに身を任せるしか出来ないようだ。

「こんなえっちな体しておいてっ！　今まで彼氏の一人も作らなかったのがいけなかったのです！

もっと気持ちよくなって、ついでに口も柔らかくなりましょう！」

「だ、だからお止めにな……っ。んっ、あっ！」

しかしアリエルも強情だ。なかなか口を割ろうとしない。

「……私はあなたのことが心配なんです」

一転。

そんなアリエルを見て、シェリルさんの指の動きが止まる。

彼女は寂しそうな顔をして、先ほどとはうって変わって静かな声でこう続けた。

「アリエル様が冒険者になられてからも、私はずっとあなたのことを気にかけていました。私は……ただアリエル様に幸せになって欲しいんです」

「シェリル……」

「その幸せが愛する人と結ばれること……を意味するのかどうかは分かりません。しかしアリエル様がそんなもやもやした顔をしていると、メイドとして——お助けしたくなるんですよ」

「…………」

アリエルが俯き加減になって、ひとしきり考える。

そして口を開き、

「……わたくしも自分の気持ちが分かりません。だからこれが恋なのかどうか……今は答えられません」

と言った。

むむむ……なんだか自分にとってとても大切で、聞き捨てならない話をされているような気がするが……目の前の光景が衝撃的すぎて、上手く耳に入ってこないぞ。

「……そうですか。まあ仕方ないですね。ゆっくり自分の気持ちにお気付きになっていきましょう」

だが――シェリルさんはそれで納得しなかった。

「――ならば！　せめて今は気持ちよくなってしまいましょう！」

「ど、どうしてそうなるんですか⁉」

「アリエル様も冒険者としてお疲れでしょう？　ならばせめて、その疲れを取ることがメイドとしての仕事です」

「ならお風呂から上がってから、マッサージでもしてください！」

「ダメです。こちらのマッサージの方が気持ちいいでしょうしね。しっかりお楽しみくださいませ」

「ちょ、ちょっと――！」

シェリルさんの指がさっきより激しく動く。

アリエルの口から小さく跳ねたような声が漏れ、体の痙攣がさらに酷くなっていく。

「あっ……！」

そしてやがて――アリエルは脱力し、そのままへなへなともう一度お湯に浸かってしまった。

目が溶けている。瞳の焦点も合っておらず、ぼーっと前だけを向いていた。

「……アリエル様。申し訳ございませんでした。アリエル様が可愛すぎて、私も少し張り切りすぎたかもしれません」

「い、いえいえ……大丈夫です」

「ではそろそろお風呂から上がりましょうか。これ以上は湯あたりしてしまいますので」

「そうですね」

とシェリルさんはアリエルを連れて、浴場から出て行こうとした。

……なかなかシェリルさんもドＳだ。なんとあのアリエルをあんな風にしてしまうなんて。

シェリルさんに戦慄していると、彼女は浴場から出て行き際に。


チラッ。


と俺の方に顔を向けた。

「――っ！」

息が詰まる思い。

だが、そのままシェリルさんとアリエルは浴場から出て行き、ようやく俺一人となるのであった。

「一体なんだったんだ……」

もしかして――シェリルさんは最初から俺がいることに気が付いていた？

アリエルになにかを言わせて、それを俺に聞かせたかった？

だったらそれはなんだったんだろう。

俺に対する気持ちだとか恋だとか言っていたような気がするが……。

なんにせよ。

「クアミア家のメイド……恐るべしだ」

俺はその場にへたり込んでしまい、しばらく動けないのであった。

◆
◆

風呂から上がると、何故だか脱いでいた服が巧妙に隠されていて、なかなか見つけることが出来なかった。

……まあ多分これもシェリルさんの仕業だろう。俺の服なんて置いてあったら、アリエルに気付かれるだろうからな。

ともかく——そのまま俺は気を落ち着かせるためにも、これまた広いバルコニーで一息吐《ひといきつ》くことにした。

「ふうー……さっきは大変だったな」

夜風が気持ちいい。見上げると満天の星が夜空に広がっている。

バルコニーの柵に腕をかけ、体を冷やしていると……。

「ブリス……？」

急に後ろから名前を呼ばれる。

振り返ると……。

「ア、アリエル。どうしたんだ、こんなところで」

同じく、風呂上がりのアリエルが立っていた。

「それはこちらの台詞《せりふ》ですわ」

クスクスとアリエルが小さく笑う。

彼女の顔を見ていると、先ほどの情景が頭の中で再生され、なんだか上手く言葉を紡げない。

そんな俺の様子を変だと気付いたのか、

「どうしたんですか？」

「な、なんでもない。ちょっと前に風呂に入らせてもらったから、湯あたりしてしまったかもしれない」

「あ、そうだったんですのね」

「も、もちろん！　入ったのは一時間くらい前だぞ！　アリエルもその様子だと風呂に入ったみたいだが……そのあたりは問題ない」

「問題ない？　なにがですか？」

「…………」

いかんいかん。これ以上口を開くと、取り返しの付かないことになりそうな気がする。

黙っている俺を見て、アリエルは首をかしげた。

「ねえ、ブリス。お隣いいですか？」

「ん……ああ。構わないぞ」

「では失礼いたしますわ」

アリエルが俺の隣に立つ。

石鹸《せっけん》の香りが夜風に乗って、俺の鼻まで届く。

アリエルのキレイな髪が微かに濡《ぬ》れていて、普段とは違った雰囲気を醸し出していた。

なんだか落ち着かない……。

「な、なあ。アリエル」

「なんでしょうか？」

ダメだ。

さすがに沈黙が耐えきれなくなって、気付けば俺から口を開いていた。

「その……言いたくなかったらいいんだが、お父さんとなにを話したんだ？」

「……！」

「あ、すまん。言いたくなかったら本当にいいんだ。だがなんとなく気になって……」

なんで俺はこんなことを聞いてしまったんだろう。ジワジワと後悔の念が湧いてきた。

しかしアリエルは少し言いにくそうにしながらも、

「……ブリスには隠し事が出来ませんね」

と切り出して、とつとつと語り始めたのだ。

「わたくし、実は冒険者になる時にお父様から止められてましたて……」

「まあ、だろうな。一人娘なんだろう？　親御さんとしては娘が冒険者なんて危険な職業に就いたら、心配になるのも仕方がない」

俺が問うと、アリエルがコクリと頷いた。

「でも――その反対を押し切って、わたくしが無理矢理に冒険者になってしまったせいで、お父様とちょっとぎくしゃくしているんですわ。きっとお父様はわたくしのことが嫌いなんでしょうね」

「そんなことはないと思うが……」

「ふふ、お気遣いありがとうございます。ですがわたくしみたいなじゃじゃ馬娘、お父様にとっては煩わしい存在に違いありません」

アリエルはそう言っているが、俺には到底そうは思えなかった。

さもなければ、アリエルと俺の関係などバイロンさんは気にならないはずだ。

今でもバイロンさんは父親として、彼女のことを気にかけているに違いない。

「お母さんは、アリエルが冒険者になったことをなんて言ってるんだ？」

「お母様はわたくしが小さい頃に亡くなってしまいました」

「そうだったのか……辛《つら》かったらこれ以上言わなくてもいいが……」

「いえ、大丈夫ですわ。亡くなってから大分経ちますしね。それにそのことが、わたくしが冒険者になった理由ですから」

「理由？」

アリエルは星空を眺めながら、口を動かす。

「わたくしのお母様、実は街の外に出かけていた時に魔物に殺されてしまったのです」

「…………」

どう返したらいいか分からず、つい一瞬黙ってしまう。

「だからアリエルは魔物を憎み、冒険者になろうと……」

「いえ、それもあるのですが、冒険者になろうと思った理由はもっと別にありますわ。だって魔物を倒すだけなら、冒険者じゃなくても——たとえば、領主としてでもアプローチすることが出来るでしょうから」

「だったらどうして？」

「お母様は近くの村で貧しくて苦しんでいる子ども達を、自分の領地で引き取るために出かけていたのですわ。その子ども達を連れて帰る途中に、悲劇は起こりました」

アリエルは続ける。

帰りの道中、アリエルのお母さんが乗っていた馬車が魔物の大群に襲われたと。彼女一人だけなら逃げることも可能だったが、そこで子どもが逃げ遅れて魔物に殺されかけた。

そしてその子どもを助けるために、彼女は猛然と魔物の前に飛び出し……結果、命を失ってしまったらしい。

「子どもは助かったのか？」

俺の問いに、アリエルは首を縦に振る。

「英雄じゃないか。アリエルのお母さん、優しくて勇敢な人だったんだな」

「その通りですわ」

そう語るアリエルの顔は、どこか誇らしげであった。

「でも――考えるんです。あの時、お母様が魔物を倒せるくらい強ければ、こんなことにならなかったって」

「……かもな」

「それからわたくし、自分の身一つで困った人達を助ける冒険者に憧れるようになりましたわ。自分を犠牲にしてまで、弱き市民を守る――そんな冒険者に……」

「その一念でSランク冒険者にもなったんだ。さぞ努力したんじゃないか？」

「ふふ、どうでしょうね」

アリエルが照れ臭そうにする。

そう言うものの、彼女は並々ならぬ努力を今まで続けてきたに違いない。

そんな彼女のことを俺は心から尊敬した。

「今度はブリスの話を聞かせてくれますか？」

「俺？」

急に話を振られ、俺は自分を指差す。

「どうしてブリスは冒険者になろうとしたんですか？　そしてなにより……その強大な力をどこで手に入れたのですか？」

「……そうだな」

どこまで話せばいいのだろうか……。

悩んだ末に俺は、こう口を動かしていた。

「今まで厳しい姉達に育てられていたんだ。そいつ等はメチャクチャ強かった。俺以上にな」

「ブ、ブリス以上にですか？」

アリエルが目を大きくする。

「そうだ。そして俺はメチャクチャ厳しく育てられた。そのおかげで、ちょっとは強くなれたのかもしれない」

「ちょっとどころではない気もしますが……」

「だが、そんな日々に嫌気がさしてな。自由に生きたくなった。だからノワールに来て、冒険者を始めたんだ」

「冒険者といえば自由な職業と言われていますからね。納得しました。でもそのお姉様達って一体……」

俺の顔を覗《のぞ》き込《こ》むアリエル。

「……魔王軍の四天王って言ったら、信じてくれるか？」

「四天王？　ふふ、ブリスも面白いですね。でも信じます。四天王に育てられた男ですか……カッコいいですわ」

そう口では言うものの、本気で信じていないみたいだ。

俺が冗談を言っているものだと思っているのだろう。

……まあいきなり元魔王軍だと聞かされても、突拍子もなさすぎて信じられないだろうしな。

人間が魔王軍にいることなんて、本来有り得ない話だし。

このことはもっと時間をかけて、信じてもらえればいいだろう。

「じゃあそろそろ戻ろうか。体も冷えてきた」

「ですわね」

アリエルが冒険者になった理由も分かった。

少しの間だったがアリエルと話すことが出来て、彼女と心が通じ合った気がした。

◆　◆

そして翌日。

「昨日はお風呂まで入らせてもらって、ありがとうございました」

クアミア家の屋敷を発《た》つ前に、バイロンさんに俺はそう礼を言った。

隣にはディルクさんも、昨日と同じように立っている。

「優秀な冒険者をもてなすのは、領主として当然のことだ。気にしなくていいぞ」

こう話している間も、バイロンさんは俺の一歩後ろにいるアリエルをチラチラと見ている。

しかし彼女は視線を合わせようとしない。昨日の話し合いもあって、気まずいんだろうか。

「では……俺はこれで」

「また来るといい。そなたなら歓迎だ……もちろん、その時はアリエルも連れてきて欲しいがな」

「ぜ、善処します」

これ以上はアリエルも居心地が悪そうだ。

さっさとお暇《いとま》しよう。

踵《きびす》を返《かえ》し、屋敷から出ようとすると……。

「ブリス様」

そう呼びかけられた。

執事のディルクさんだ。

「なんでしょうか?」

「……お嬢様のことをお願いしますね。アリエル様も困ったことがあれば、いつでも私を頼ってください。私はお嬢様のためなら、いつ命を投げ捨ててもいい覚悟ですので」

「もちろんです。分かりました」

「ディルク――ありがとうございます」

アリエルの頬が僅かに綻ぶ。

俺達はそのまま屋敷を出て、すぐに馬車に乗ってノワールを目指した。

「執事のディルクさん……なかなかみんなに信頼されているみたいだな」

昨日のバイロンさんとのやり取り、そして先ほどのアリエルの表情を思い出し、そう口にした。

「ええ……シェリルもそうなんですが、ディルクも昔からよくわたくしのことを気にかけてくれるんですわ」

「ほお？」

「わたくしが冒険者になろうとした時も、ディルクに相談したことがあったんです。その時、彼は応援してくれて……全く。お父様とは全然大違いですわ」

そんなこともあったのか……。

しかしディルクのことを話しているアリエルの表情を見ていると、心がもやもやしてくる。

何故だろうか？

「……一応言っておきますが、わたくし、ディルクに恋心とか抱いていませんからね？」

「ん……あ、そうなのか？」

急にアリエルからそんなことを言われ、戸惑ってしまう。

「なにかあなたが勘違いしているような気がしましたから……ディルクは確かに信頼の置ける執事ですが、そういうのとはまた違うんですから」

「そ、そうか。それは良かった」

なにが良かったんだ？　自分の発言に首をかしげる。

まあ——今回はアリエルの知られざる一面も見れたし、非常に有意義だった。

ノワールに戻ってからまた冒険者としての日々が始まる。

これまで以上に頑張らなければ。

そう気合いを入れ直すのだった。

# 第四話

あれから俺は平和な日々を過ごしていった。

依頼をこなし、美味《おい》しいご飯を食べて……アリエルに剣術を教えて……となかなか充実した日々だったと思う。

そんなある日。

俺はギルドに呼び出され、受付嬢のシエラさんからこんなことを切り出された。


「昇格試験？」


「そうです」

彼女はそう話を始める。

「そもそも今までブリスさんがDランクなのは、おかしな話だったんですよ」

「まだ冒険者になって一ヵ月も経《た》っていないですが――」

「とはいえ、当ギルドの規定でとあることをこなしてもらわなければ、Cランク以上には昇格出来ません」

俺の言葉を無視して、シエラさんはさらに続けた。

「それのせいで、今までブリスさんをCランク……いや、AやSランクにしたかったのですが、なかなか出来なかったのです。手続きもありますし、試験官と予定を合わせることが難しく……」

「そのとあることというのが昇格試験だ……という話ですか？」

「そうです」

なんだろう……そういうのがあるとは知らなかった。

「その様子だと知らないようですね。どうしますか？　ぱぱっと素早いことでお馴染《なじ》みのシエラちゃんが、説明してあげましょうか」

「お願いします」

俺が言うと、「いや〜、仕方ないですね〜」とシエラさんは満更でもない顔をして説明を始めた。

「では始めます。冒険者は依頼をこなした数や質によって、個人に割り当てられている内部ポイントが溜《た》まっていきます」

「ああ、そういえばそんな話も聞きましたね」

「そのポイント数が一定以上になれば、自動的にランクは昇格します。本人が特別『嫌』と言わない限りですけどね。

ですが、DからCに上がる時は別です。内部ポイント以外にも、試験を受けてもらう必要があり、それをクリアすると晴れて昇格です。Cランクとなると、特別な依頼も多いですからね。万が一にも、実力が不十分だったり人格があまりよろしくない方がCランクになっちゃうと、当ギルドでも困ることが多いためです。

以上、説明でした。ぱちぱちぱちー」

シエラさんが自分で拍手をした。だから俺も合わせて同じように拍手をしたら、彼女は「えへへ」と嬉《うれ》しそうに頬を掻《か》いた。

「その試験というのは?」

「こちらで指定する依頼をこなしてもらいます。その際、Aランク以上の冒険者二人が試験官として、あなたに同伴します。ですが、基本的に試験官の方は依頼に手出しをしません。そして……依頼をクリアし、試験官二人の同意があれば試験は合格です」

なかなか厳重な評価システムだな。

DとCの間にはよほど大きな壁があるということか。

Aランク以上となると、抱えている依頼も多く、昇格試験に構っている暇がなくなるのだろう。

しかも二人も揃《そろ》えないといけないし……そういった側面もあり、俺の昇格試験を行うのが遅れたのかもしれない。

なんにせよ。

「じゃあ昇格試験、受けてみたいです。今からでもいいんですか?」

「もちろんです!」

シエラさんが頷《うなず》いた。

ランクが高くなれば、さらに依頼を受けられる幅も広がっていくだろう。

ランクが昇格することによるデメリットもなさそうだし、受けない理由はない。

「その試験官というのは……」

優しい人がいいな。

「ふふふ、驚いてください。なんとブリスさんの試験官を担当するのは、SランクとAランクの冒険者さんです！」

……なんだろう。なんかその人達《たち》、会ったことがある気がする。

「ではどうぞ！」

「『よろしくお願いします！』」

今まで物陰に隠れていたのだろうか。

二人の冒険者が俺の前にひょこっと飛び出してきた。

とはいっても。

「アリエルとエドラじゃないか」

顔馴染みの二人ではあったが。

「ふふふ、ブリス。よろしくお願いしますね。わたくしは厳しいですわよ？」

「覚悟して」

「……よろしく頼む」

……まあ二人なら変に気兼ねしなくても大丈夫だろう。

この二人でよかった。

「今回はアリエルさんとエドラさんが志願してくれました。Sランクのアリエルさん、そしてこういうことにはあまり興味のないエドラさんが試験官に志願するなんて、普通は有り得ないんですよ？」

「はあ、そうなんですか」

「気合いを入れてくださいね。じゃあこれが今回、ブリスさんに挑戦してもらう依頼です」

シエラさんから一枚の紙切れを手渡される。

えーっと……内容は一つ目トロールの討伐か。ここから馬車で一日半くらいかかるところに渓谷があるらしく、そこで一つ目トロールを倒しその『目』を持ち帰ることが達成条件のようだ。

ちなみに依頼ランクはC。

ゴブリンキングの調査隊のメンバーになっておいてなんだが——Dランクの俺からしたら、なかなか高ランクの依頼だ。

Aランク以上の冒険者を二人同伴させるのは、依頼をこなせなかった時の保険……という一面もあるのだろう。

「分かりました。頑張ってきますね」

「はい……！　とはいっても、ブリスさんだったらそんな依頼、すぐにこなしちゃうと思いますけどねー」

とはいえ油断大敵であろう。

気を抜いて、足をすくわれてちゃあ話にならん。

シエラさんやアリエル達を失望させることにもなるからな。

そう自分に言い聞かせた。

「じゃあアリエル、エドラ……行こうか。いや……違うな。試験官殿、よろしくお願いします」

頭を下げる。

「分かりましたぞ。わたくしが付いているから安心するといいですぞ」

「苦しゅうない」

アリエルとエドラは自分の言ったことがおかしくなったのか、顔を見合わせて笑っていた。

◆

◆

それから俺達は馬車に乗り、渓谷近くの村に到着した。

「じゃあ行くか」

村に馬車を置き、早速俺達は一つ目トロールがいる渓谷に向かった。

「では試験開始ですわね」

「頑張って、ブリス」

「ああ」

アリエルとエドラに応援される。

「念のために言っておきますが——もし危険だと判断し、わたくし達が手を出したらその時点で試験は終了になりますわ」

「その場合は失格ということか」

問うと、アリエルは頷いた。

「ですが……ブリスなら一つ目トロールくらい、なんの問題もなく倒せると思いますわ」

「ブリスなら楽勝」

とはいえ、何度も言うが油断は禁物。気を引き締めていこう。

「行くか」

一体目の一つ目トロールは、少し歩いてすぐのところにいた。

ゴブリンキングほどではないがそれは巨体で、経験の浅い者なら臆してしまうかもしれない。

だが。

「気斬《きざん》」

俺は冷静に一つ目トロールの背後から近付き、剣を振るう。

ズシャアアアアッ！

一つ目トロールの背中に大きな斬り傷がつき、その巨体がゆっくりと地面に倒れていった。

「うっし……確かこのトロールの目が依頼達成の証拠になるんだったな」

倒れている一つ目トロールの目をくり抜き、それを収納魔法でおさめた。

「さすがブリスですわね。あっという間に依頼は達――」

「よし。次行くか」

時間も惜しい。

俺はアリエルの言葉を全て聞かず、行動を再開する。

「……？　ブリス。なにを言っているんですか？」

「え？」

「今回の昇格試験は一つ目トロール一体を倒すだけでいいんですわよ？」

アリエルがきょとんとした表情になる。

「別に一体だけしか倒してはいけない……というルールはないんだろ？」

「それはそうですが……」

「ならもう少し倒しておこう。まだ奥には一つ目トロールが他にもいるようだ。近くの村までトロールが降りてくるかもしれないし、このまま倒せるだけ倒しておこう」

元より一体だけ倒して、すぐ帰るつもりは毛頭なかった。

そのようなことをアリエル達に伝えると、

「……はあ。さすがブリスですわね。ブリスにとったらこんな昇格試験、簡単なものでしたか」

「大体予想は付いていた」

二人とも呆《あき》れたように口にした。

「ダメか？」

「いや、ダメなことはありません。ブリスが規格外なだけですわ。普通の冒険者なら一つ目トロールを倒した時点で喜んでギルドに帰りますのに……」

「じゃあ決まりだな。あっ、もしかして早く帰りたかったか？　そうなら先に帰ってくれてもいいぞ」

「いえいえ、そんなわけはありませんわ。ブリスにお付き合いしますわ。今からは試験官としてではなく、ブリスのお友達としてですが」

なんかアリエルの『お友達』という言葉に険を感じたが……どうしてだろう。

「私も行く。ブリスのお手伝いする」

どうやらエドラも付いてきてくれるみたいだ。ありがたい。

「でも変ですわね……一つ目トロールがこんなにすぐに見つかるなんて。しかもまだまだいる……？」

「アリエル、どういうことだ？」

「い、いえ、まだわたくしの憶測にしかすぎませんので。それにこういうこともあるかもしれません。早く行きましょう」

それからしばらく歩くと、二体目の一つ目トロールも見つかった。

再び俺は先ほどと同じように剣を振るおうとしたが……。

「ま、待ってください！」

それをアリエルが慌てて制す。

「今度はわたくしに任せてもらっていいですか？　試験は一体目を倒した時点で、もう終わっていますので」

「ん……まあ昇格試験と関係ないなら、別にいいが」

「ありがとうございます」

一つ目トロールの背後を見ながら、アリエルは「ふー」と大きく息を吐く。

そして。

「気斬！」

俺と同じように剣を横薙《よこな》ぎに振るった。

「GUOOOOOO！」

一つ目トロールが悲鳴を上げ、地面に倒れ伏す。

アリエルが一発で倒してしまった。

「やりましたわ……！」

ぐっと握り拳を作るアリエル。

「すごい……！　アリエルも使えるんだ」

エドラは気斬が俺しか使えないものだと思っていたのか、目を丸くしている。

「はい……！　ブリスに教えてもらいましたの」

アリエルはどことなく嬉しそうだ。

「それにしてもさすがアリエルだな。俺が気斬を教えてから、まだ一ヵ月も経っていないのに、これだけ技をものにするとは」

「そんなことはありません。あなたの教え方が良かったからですわ」

彼女は謙遜しているが、驚異的な成長速度だ。

「アリエルだけずるい……私もブリスに教えてもらいたい」

「はは。エドラは魔法使いだろ？」

「だったら魔法でもいいから……」

「まあエドラがそれでいいなら」

やれやれ。

この調子だと、早朝特訓はどうやらエドラも仲間入りみたいだな。

「うう……人数が増えるのは楽しくていいことなんですが、出来ればわたくしはブリスと二人きりで……」

「アリエル？」

「な、なんでもありません！」

ぷいっとアリエルが視線を逸《そ》らした。

……まあ気にせず、次に行くとするか。

一つ目トロールはまだ渓谷内にたくさん残っているようだ。

トロールの目を回収し、次へと向かう。

そして同じように俺だったり、アリエルやエドラが一つ目トロールの目を回収し……ということを一時間は繰り返してきた頃であろうか。

「やはりおかしいです」

ふとアリエルが立ち止まる。

「一つ目トロールはもう十体以上は倒していますわよね？」

「だな」

「もう一度言いますが、一つ目トロールはなかなか見つからない魔物です。頻繁に出現する魔物ではないですわ。それなのにこんなにいるなんて……」

なにかを考え込むアリエル。

うむ……確かに一つ目トロールがここまで連続して出現すれば、俺も違和感を抱く。

「ん……？　ちょっと二人とも、来てくれ」

魔法の《探索》を使うと、ここから少し離れたところに複数体の魔物の反応を見つけた。

俺が二人を連れて歩くと、とある崖の上まで到着する。

そして崖の下には……。

「あれも異常だよな？」

それを指差すと、二人が息を呑《の》む。


崖の下には何体かの一つ目トロールが一ヵ所に集まっていた。

二体や三体というレベルではない。十体以上はいるだろうか。

アリエルの言うことが本当なら、さすがにこれだけ集まっているのは異常だ。

「どうして……一つ目トロールがこんなにたくさん……」

アリエルが唖然《あぜん》とする。

このまま先制攻撃を与え、全滅させることも容易《たやす》いが……どうも腑《ふ》に落ちない。

「ん……」

考えていると、エドラが声を出した。

「どうした、エドラ」

「あれ……」

エドラが指をさす。

あれは……魔石？

一つ目トロールが、一つの魔石を囲むように集まっている。

よく見ると、トロールは魔石の魔法にあてられて、興奮している様子であった。

「どうしてあんなところに魔石が……」

「まだ分からないけど、あの魔石が原因の一つかもしれない……と思う」

エドラも真剣な眼差《まなざ》しだ。

「その可能性は十分考えられるな。まあどちらにせよ、ここにいる一つ目トロールを片付けておくか」

このまま放っておいたら、トロールが近くの村まで出てくる可能性もある。

そうでなくても、ゴブリンキングの時と同じく繁殖を繰り返して、さらに数を増やすかもしれないのだ。

「魔法で一気に倒す？」

エドラが問う。

彼女の言う通り、ここから爆発魔法でも放てば、一瞬で一つ目トロールを全滅させることが出来るだろう。

だが、遠距離から魔法を放って、巻き添えで魔石を破壊してしまうような事態は避けたい。出来ればあれを回収しておきたいのだ。

だから。

「二人はここで待っていてくれ。すぐに終わらせてくるから」

「ブリス……？　一体なにを……えっ⁉」

俺はアリエルの問いに答えず、崖下へと飛び降りた。

するとやっとのことでトロールはこちらに気付いたのか、ゆっくりと顔を向けた。

「悪いが、遊んでいる暇はない」

俺は剣を振るい、次から次へとトロールを狩っていく。

あっという間に全ての一つ目トロールが地面に倒れ伏し、そのまま動かなくなった。

「ブリス！　危ないですわ！」

「いきなりなにをするかと思った……」

少し遅れて、アリエルとエドラも崖下に降りてきた。

二人は心配そうに声を発する。

「大丈夫。この通りだ」

一つ目トロールの死体に視線をやって、二人にそう無事を伝える。

「まあブリスのことですから、心配はしていませんでしたが……いきなり飛び出していくのは止《や》めてください。心臓に悪いですわ」

「心臓、止まるかと思った」

「それに……あっ、こんなところ。擦りむいているじゃないですか」

アリエルがしゃがみ、俺の右足の膝に手を当てた。

「ああ……本当だな。まあ別に痛くもないし、すぐ治るから問題ないぞ」

それこそ、治癒魔法を使えば一瞬のうちで元通りだ。

しかし。

「ダメですよ……あまり無理をしちゃ。あなただって、わたくし達と同じ人間なんですし――バイ菌が入っちゃいますわ」

「アリエルの指摘はもっともだ。今度から気をつける」

「分かればいいんです――今回はわたくしが治療してあげますわね」

「アリエルが？」

アリエルって、治癒魔法使えたっけ？

そう思っていると、アリエルが俺の膝に手を当て、

「痛いの痛いの……飛んでけー！」


——と唱えた。

「…………」

「…………」

「……アリエル？」

「忘れてください。わたくしらしくありませんでしたわ……」

耳たぶまで顔を真っ赤にして、アリエルが俺の膝から手を離した。

恥ずかしくなるなら、最初からしなければいいのに……。

しかし。

「ありがとう。アリエルのおかげで痛みも取れた気がする」

「そ、そうおっしゃっていただければ幸いですわ」

礼を言うと、彼女はそう顔を綻ばせた。

「……さて魔石だが」

地面に落ちていた魔石を拾う。

「確かこれって、ゴブリンマスターの額に取り付けられていた——紅色《べにいろ》の魔石と同じものだよな？」

俺が言うと、二人ともハッとした表情になった。

「そういえば、そうですわね……一つ目トロールの方に気を取られて、気付きませんでしたが」

「間違いないと思う」

どうしてあの時と同じものが、こんなところにあるのだろうか。

「これにつられて、一つ目トロールがここに集まってきたわけか。前からこの魔石があって、トロール同士で繁殖を繰り返していた……だからこそ、これだけ数が増えたんだと思う」

ゴブリンキングの時と全く一緒だ。

「うん。きっとそう」

エドラが首を縦に振る。

一つ目トロールの討伐だけの簡単な依頼だと思っていたが……どうやら、事態はもっと複雑のようだ。

「とにかくここにいても仕方がない。すぐにノワールに戻ろう」

《探索》を使ってみるが、この辺りにはもう一つ目トロールの反応はなかった。

「ですわね……！」

「これ以上ここで考えていても、なにも思いつかない」

「決まりだな」

俺は一つ目トロールの目を収納魔法でおさめて、アリエル達とすぐに渓谷を去った。

村に止めていた馬車のもとに戻る。

「嫌な予感がする。急いで帰るぞ」

「はい」

だが、アリエルは暗い表情を作る。

「……どれだけ急いでも、ここからだと一日半はかかるでしょう。その間になにか悪いことが起こらなければいいのですが……」

「私も不吉な予感がする」

「それについては、もちろん対策を講ずる」

「対策？　どうやって？」

「馬車の速度を上げる」

「「？」」

二人の動きがきょとんと止まる。

俺は馬に手をかけ、支援魔法を発動した。

内容は……そうだな。【速度上昇】【持久力上昇】【自動回復】【自動操縦】の四つでいいだろう。

「ヒヒーン！」

魔法をかけ終わると、馬が興奮したようにいなないた。

「ブ、ブリス⁉　なにをしたんですか？　馬が興奮しているみたいですが……」

「なに、馬と馬車にちょっとした魔法をかけただけだ」

「ちょっとした……？」

「あまり説明している暇もない。だが、これなら半日でノワールに着くだろう。早速乗り込もう」

俺が言って馬車に乗ると、二人もその後に続いた。

「出発進行！」

馬が地面を蹴る。

馬車の速度がぐんぐんと増し、あっという間に先ほどの村と渓谷が見えなくなってしまった。

「わっ！　とても速いです！」

「すっごい……揺れる……！」

「揺れて危ないからな。近くにつかまっているといい」

馬の速さにアリエルとエドラが驚いている。

「きゃっ！」

ん？

なんだ、この可愛《かわい》らしい悲鳴は。

気付けばエドラが俺にしがみついていた。

先ほどのちっちゃくて可愛い悲鳴はエドラのものだったのだ。

「エドラ？　大丈夫か」

「大丈夫……」

エドラは必死に俺の服をつかんでいる。

「でも……もう少しこうしてていい？　揺れに慣れるまでこうしていたい……」

「ん……まあそれは構わないが」

しかしあれだな。

エドラみたいな可愛い女の子にしがみつかれると、なんだか落ち着かない。

エドラの心臓の鼓動が、とくとくと速くなっているのを感じる。

少し揺れる度に「きゃっ！」とまたもや彼女は悲鳴を上げ、しがみつく力を強くする。

そのせいで――いや、そのおかげと言うべきだろうか――彼女の胸や二の腕といった柔らかいところが当たって、どぎまぎしてしまう。

「良《い》いなあ……」

アリエルが羨ましそうな目で俺達を見て、指をくわえていた。

「エドラだけずるいですわ……わたくしも仲間に入れてください！」
ア、アリエル⁉
彼女も飛び込むように、俺の反対側の腕をぎゅっと強く抱いた。

両手に美女。

……なんだ、この状況は？

「エドラ――それにアリエル！　ちょっとしがみつく力が強くないか？　そんなに強くしがみつかなくても、大丈夫だと思うぞ⁉」

「ダメですっ！　わたくしもか弱い女なんですよ？　馬車の揺れが強くて、このままでは振り落とされてしまうかもしれません！」

「アリエルの言う通り。ブリスもいつも言っている。油断は大敵だって」

むにむに。

アリエルとエドラの体は男のごつごつしたものと違って、丸みを帯びていた。

しかも馬車が揺れるものだから、その度に彼女達の胸が俺の腕を擦るように動いて、なんだか頭がくらくらしてしまう。

——もしかして、ノワールまでずっとこのままなのか⁉

それを考えると、少しの間とはいえ俺の精神力と忍耐が保《も》つのかが心配になるのだった。


馬車が出発して、しばらくした頃だった。

「ん……前方に誰かいる……？　嫌な予感がする。少し止まるか」

馬車がゆっくりと停止する。

外では、一人の男が馬に乗ったままこちらを見ていた。

俺は警戒心を解かず、馬車から降りる。

男は俺達を見て、

「お嬢様！」

と叫んだ。

「ディルク……？　どうしてここに？」

アリエルの戸惑っている声。

ディルク——ああ、思い出した。確かクアミア家に仕えている執事だっけな。

彼も馬から降り、

「ご無事そうでなによりです……」

「どういうことですか？」

「どうやらその様子だと、まだ伝わっていなかったみたいですね」

両手を後ろに回して、ディルクさんは話を続ける。

「原因は不明ですが、この周辺の魔物達が活性化しているようなのです」

「活性化……？」

「はい。まだ壊滅的な被害に陥った街はありませんが、《大騒動《スタンピード》》が起こっているところもあります」

「そ、それは本当ですか⁉」

ディルクさんが頷く。

《大騒動《スタンピード》》——大量の魔物達が街や村のキャパを超え、押し寄せてくる状況のことだ。

どうやら先ほどの渓谷で見つけた魔石。やはりあれはよからぬ前兆だったようだな。

それに——これはまだ俺の勘だが——各地で起こっている《大騒動《スタンピード》》と魔石は無関係ではないよ

うな気がした。

「ノワールは無事なのですか⁉」

アリエルがディルクさんに詰め寄ると、「ご安心ください」と彼は答えた。

「ノワールも例外ではなく、《大騒動《スタンピード》》が発生しています。しかし……まだ押し寄せてくる魔物も少なく、街にいる冒険者達でなんとか持ちこたえている状態です。私はそのことをいち早くお嬢様に伝えるため、こうして馬を出しましたが……」

「そうなんですか……」

安堵《あんど》の息を吐くアリエル。

俺は二人が話している光景を見て、とあることを考えていた。


――なんだ、この違和感は？


どうしてそれを伝えにきたのがディルクさんなんだ？　伝令役にしても、もっと他にいなかったのか？

それにクアミア家の屋敷《やしき》からここまで、まだ大分距離がある。いつから《大騒動《スタンピード》》が発生しているのかはまだ分からないものの、それにしては行動が早すぎないか？

まるで前々から《大騒動《スタンピード》》が起こることを分かっていたかのよう。

そんな俺が抱いている強烈な違和感など知らずに、アリエル達は話を続ける。

「とはいえ、予断は許されない状況ですわね」

「その通りです」

「すぐに戻りましょう、ノワールが壊滅しないうちに」

とアリエルが表情を引き締める。

「さあ、あなた達も力を貸してください。早くその馬車に乗って、私と一緒にノワールに向かいましょう」

とディルクさんも馬車を指差す。

「は、はい……」

——俺の考えすぎかもしれないな。

そう思い直し、アリエルと一緒に馬車に乗り込もうと、ディルクさんに背を向けた瞬間であった。

——違和感が確信に変わる。

すぐに振り返ると、ディルクさんがアリエルに手を伸ばそうとしていた。

「なかなか面白いことをしてくれるな」

俺はすぐにその彼の右腕を無理矢理捻《ひね》り上《あ》げる。

「……な、なにをっ！　ぐっ……！」

カラン。

するとそれは彼の右手から離れ――乾いた音を立てて地面に落ちた。

「え……？」

それを見て、アリエルが呆然《ぼうぜん》とする。

彼がその手に持っていたもの。

それは――一本の短剣であった。


「……なんのつもりだ。何故《なぜ》今、アリエルを殺そうとした」


俺がそう質問すると、ディルクさん――いや、ディルクの口角がニヤリと吊《つ》り上《あ》がった。

「あーあ、バレちゃいましたか」

ディルクが髪を掻き上げると、まるで今までとは別人のように邪悪な笑みが浮かんでいた。

「ディ……ディルク？　一体あなたはなにを？」

アリエルは状況をつかめていない。混乱しているようだ。

そんな彼女に対して、ディルクは「くくく……」と笑いをこぼして、

「その方の言った通りですよ。私はあなたを殺そうとした。あなた――アリエルをね」

「そんな……どうして……あなたがそんなことを!?」

「これだから平和ボケのお嬢ちゃんは困ります。冒険者になっても、なにも変わっていないんですね」

ディルクの言葉に、アリエルはそれ以上なにも言えなくなっている。

次に、ディルクは俺へと視線を移し、

「それにしてもよく分かりましたね？　完全に油断させたと思っていましたが。私のことが信用出来なかったですか？」

「殺気だ」

俺はアリエルとエドラを守るように立ち、こう続ける。

「アリエルを殺そうとした時、今まで隠していた殺気が爆発したぞ。そこまで殺気を漏らしておいて、気付かれないとでも思ったか？」

「殺気は消したつもりだったんですけどねえ。その少しの殺気に気付くなんて、今までどう過ごしてきたらそうなるんですか？」

「……さあな」

魔王城にいる頃——俺は四天王達に手も足も出なかった。

そのせいで自分のことを弱いと思うようになっていたのだ。

だからなのか——いかに相手の殺気に気付いて、そして戦いになる前に逃げるかが生死の境目だと考えていた。

元来の臆病な性格が役に立ったのだ。

「ちっ……」

彼は舌打ちし、顔を歪《ゆが》める。

「アリエルだけでなく、ここで全員手早く殺すつもりだったんですけどねえ。まあ問題はありません。殺し方が変わるだけなのですから」

「……ディルク……嘘《うそ》ですわよね？　あなたがそんなことを言うなんて……わ、わたくしが冒険者になる時も、あなたは応援してくれて……」

——お嬢様のためなら、いつ命を投げ捨ててもいい覚悟ですので。

そう言っていた時の彼の穏やかな顔が、頭に浮かんでいた。

しかし——ディルクは「ははは！」と高笑いをして、

「まだそんなこと言ってるんですか！　昔からお嬢様のことは大嫌いでした！　大した力も持たないくせに、理想論ばかり振り回しやがって！　……そういう女が私は一番嫌いなんですよ！　だからあなたを一番先に殺そうとして、わざわざここまで来てやったんだ！」

と気持ちよさそうに続けた。

「ディ、ディルク……あ、あなた……そんなことを……」

「アリエル」

アリエルがふらふらとその場に倒れそうになったので、すかさず俺は彼女を支える。

今まで信頼していた執事に裏切られたのだ。無理もない。

弱ったアリエルの姿を見ていると、ディルクに対して俺はさらに怒りがこみ上げてきた。


——とくん、とくん。

「エドラ。アリエルと一緒に、先にノワールに戻っててくれるか？」

「どうして？　ブリスを一人にはしてられない」

俺は言うが、エドラは覚悟を決めてディルクと戦うつもりのようだ。

「……いや。こいつの言っていることが本当なら、ノワールで《大騒動《スタンピード》》が起こっているらしいかな。ノワールに早く戻って、加勢してやって欲しい」

「こいつの戯言《たわごと》なんじゃ？」

「その可能性もあるが……先ほどの魔石の件も合わせて、一つの仮説が浮かび上がってくる。俺の想像通りなら、一分一秒も惜しい。それにこいつを片付けた後、俺は他にやることもある。だから……ここは俺を信じて、先にノワールに帰ってくれ」

「……分かった。ブリスを信じる。アリエルも行こ」

「え、ええ」

アリエルはまだふらふらな足取りながらも、なんとか一人で歩き出した。

――アリエルとエドラを先に行かせたのは、ノワールに早く戻って欲しいというのが第一の理由だが……もう一つはアリエルをディルクと戦わせたくなかったからだ。

裏切られたとはいえ、今までアリエルが彼を信頼していたのは間違いのない事実。

それなのに戦わせるのは、あまりにも酷だろうと思った。

アリエル達はそのまま馬車に乗り込もうとした。

だが。

「ここで見逃すとでもお思いですか？」

ディルクから紅色の光が発せられる。

右手には渓谷にあったものと酷似した魔石が握られていた。

そこから禍々《まがまが》しい魔力が発せられ、

「ダークネスアロー」

邪悪な闇色の矢がアリエル達に発射された。

その速度が速すぎたためか、二人は反応しきれていない。

しかし――。


「この程度で止められるとでも思ったか？」

即座にアリエル達の前に結界を張り、その矢を弾《はじ》いた。

「アリエル、エドラ！　後は頼んだぞ！　急いでノワールに戻ってくれ！」

馬車から顔を出したアリエル、そしてエドラが頷き、馬車が急いで発車した。

ディルクはそれを止めようとするが、俺が前に立ち塞がってそれを制する。

……よし。なんとかアリエル達を離脱させることが出来たな。

「やれやれ……本当にあなたがいると、計画が狂いますね。ゴブリンマスターの時と同様に」

ディルクが呆れたように肩をすくめる。

「さて……まず俺の仮説から言おう」

彼と対峙《たいじ》し、俺は意識的にゆっくりとした口調でこう続けた。

「まず、どういう方法かは知らないが、ゴブリンマスターの額に取り付けられた魔石。そして渓谷の一つ目トロールの魔石。この二つを用意したのはお前だな？」

「………」

ディルクは俺の話に耳を傾けるだけで、口を開かない。

「その手に持っている魔石が証拠だ。そして魔石を使用することによって、この周辺一帯に《大騒動《スタンピード》》を引き起こした。一つ目トロールのことを思い出す限り、その魔石ではそういったことも可能なんだろう」

魔石から発せられる魔力を利用することによって、魔物をたぐり寄せ、そして活性化させたに違いない。

「その魔石をどうやって手に入れたかは分からない。しかし……もう一度問う。どうしてこのようなことを引き起こした？　お前は一体なにが目的だ？」

答えてくれるものとは思っていなかった。

しかしディルクは「くくく……」と自分の顔に手を当て、

「驚きました。まさかそこまで辿《たど》り着《つ》くとは」

と答えた。

「全て正解です。魔石の力を利用し、私は《大騒動《スタンピード》》を引き起こした。その理由は……世界を我が手におさめるため」

「世界を我が手に？　世界征服か。そんなことをちっぽけな人間一人で出来ると思っているのか？」

「はっ！　あなたの言う通り、私一人の力だけでは不可能でしょう。しかし私にはこの魔石がある！」

紅色の魔石が高々と掲げられる。

「《大騒動《スタンピード》》など起こすとなると、人がたくさん死ぬぞ。そんなお前だけのワガママでこんな残酷なことを……」

「ワガママ？　残酷？　——違いますね。私は選ばれた人間なのです」

ディルクが両腕を広げる。

「昔から疑問でした。どうしてこの世は無能な者がのさばっている？　何故そんな世の中の構造を、誰もひっくり返そうとしない？　——こんな腐った世の中は全部一から作り直さなければならない。

人間だろうが魔族だろうが、私にとっては邪魔な虫けらのような存在です。みんな、私の前でひれ伏すといい！」

「驚いたな。まさかこれだけクズだったとは」

人は魔族のことを残酷だとか言う。

しかし……この目の前の人間は、今まで見てきた者の中で最も邪悪な心を持っていた。

あの魔王は無駄な殺生はしない。

このように《大騒動《スタンピード》》をわざと起こし、なんら罪のない人間を無差別に殺したりしないのだ。

それは四天王のヤツ等《ら》も同じであった。

「どうして私がこれだけペラペラ喋《しゃべ》ったと思いますか？」

ディルクが言う。

「アリエルは逃しましたが、一対一なら絶対にあなたに勝てると思っているからですよ」

確かに――ディルクの持つ紅色の魔石は厄介だ。ディルクと反応し、彼の中の魔力がだんだんと膨らみを増していく。

そしてそれは今なお止まらない。

こいつもバカではない。勝算があるからこそ、これだけ自信に満ちあふれた言動をすることが出来るのだろう。

「力の差を思い知らせてあげましょう」

「――っ！」

ディルクが魔法を放つ。

先ほどの闇の矢が一本――いや、十本束になって俺に襲いかかってきたのだ。

速い！

「くっ！」

結界魔法を張る。

一本や二本は防ぐことが出来た。

しかし矢の猛攻はそれで止まらず、結界を破壊して俺の喉元まで届こうとした。

「ちぃぃっ！」

舌打ちをしながら、俺は即座にその場から離脱。

ドゴォオンッ！

矢は地面に突き刺さり、クレーターを穿《うが》った。

直撃すればただでは済まないだろう。そのことがはっきりと分かる。

「ははは！　どうですか！　だんだん魔力が大きくなっていくのが分かります。これがあれば私はあなたに負けません！」

ディルクが哄笑《こうしょう》し、膝を突いている俺を見下す。

彼の言っていることは本当だ。今なお紅色の魔石から流れる魔力は大きくなっていき、彼を侵食しようとしている。

「本当はここでアリエルもまとめて始末しようと思っていましたが……せめてあなただけでもノワールに行かせるわけにはいきません。万が一にでも、計画は失敗してはならないのです」

「ふう……」

息を吐く。

そうだ――相手に呑まれてはいけない。

『ブラッド。戦いにおいては冷静さも必要だが、時に相手に絶対に負けないという強い思いも必要になってくる。そうでなければ勝てる相手にも勝てなくなる』

こんな時に限って、あの四天王のカミラ姉《ねえ》の言葉が頭に浮かんだ。

『それでも——相手に呑まれてしまいそうになった時は、負けられない理由を思い出せ。そうすれば自《おの》ずと力が湧いてくるだろう』

負けられない理由——。

ここで負けてしまえばこいつは俺を殺し、すぐにアリエル達を追いかけるだろう。そして彼女達も殺し、《大騒動《スタンピード》》を止めることが出来なくなってしまうかもしれない。

思い出せ——ディルクはアリエルになにを言った？

——許せない。

アリエルのためにも、俺はこんなところで絶対に負けられない。

——とくん、とくん。

どす黒い感情が湧いてきて、同時に心臓の鼓動がさらに高まった。

「ん……？　あなた……魔力が増していく？」

ディルクが目を細める。

――殺せ。

誰かのそんな声が頭の中に響いた。

「……そういえば貴様。さっき『私の前でひれ伏すといい』と言っていたな」

「ああん？」

ディルクが訝《いぶか》しむような表情を作る。

魔王はこいつのような愚かな人間を、決して許しはしなかったな。

魔王の顔を思い出すと、何故かまるで自分が魔王と一体化した感覚に陥った。

……自信を持て。

あの魔王のようにな。

俺は頭の中で魔王と自分の姿を重ね合わせながら、ディルクにこう告げる。

「ひれ伏すのは貴様の方だ。魔王《おれ》の御前だぞ」

◆　◆

一方その頃。

「もう少しで貴様の生まれ故郷に着くぞ。良かったな」

「うん！　お父さんとお母さんに会えるの、楽しみ！」


四天王カミラ。

それと彼女が途中で盗賊から助け出した幼女、ルリ。

ひょんなことから、カミラはルリを村まで送り届けることになったが……この珍道中もそろそろ終わりを迎えようとしていた。

（それにしてもこいつ、随分と私に懐いたものだな⁉）

ルリはカミラに全幅の信頼を置いているようであった。

その証拠に、カミラの腕にしがみついているルリの表情はとても幸せそうだ。

腕にほっぺですりすりしたりする。

（こうして見ると、人間もなかなか可愛いもの——って私はなにを考えているのだ⁉）

「お姉ちゃん、わたしの顔になんか付いてる？」

「……！　な、なんでもない！」

ぷいっと視線を逸らすカミラ。

ちなみに……もちろん、ここまで来る道中でブラッドのことを捜索していたが、足取りさえもつかめなかった。

しかしルリと一緒にいると、どうしても当初の目的を忘れそうになってしまうカミラであった。

「それにしても……ここに来るまでに魔物共の姿が減っていたようだが……」

「どうしたの、お姉ちゃん？」

「いや、なんでもない。私の考えすぎだ」

カミラはすぐに首を横にブンブンと振る。

そしてカミラはとうとうルリの生まれ故郷の村まで辿り着いた。

ルリの生まれ故郷は近くに街や村もない辺鄙《へんぴ》な場所だった。そのせいで意外と時間がかかってしまった。

（ようやくこいつのお守りも終わりだ。全く……こいつの両親に文句の一つや二つ言ってやらねば、気が済まん）

そんなことを思いながら、カミラ達は村の中に入ろうとした。

しかし。

「ん？」

どうやら様子がおかしい。

魔物が村に入り込んでいるようだが……？

しかも一体や二体といった話ではない。数十体の魔物達が人間に襲いかかっているのだ。

「ク、クソっ！　どうして魔物が村に？」

「なんとか持ちこたえろ！　近隣の街に冒険者の要請をしているから！」

「いや――この様子だと、そこでも《大騒動》《スタンピード》が起こっているかもしれないぞ⁉　そうじゃなければ、いい加減応援が来るはずだ」

「そ、そんな……じゃあこの村は……」


耳を澄ましていると、そんな人間共の声が聞こえてくる。

「《大騒動》《スタンピード》が起こっているだと？　またタイミングが悪い」

思わずカミラは溜《た》め息《いき》を吐《つ》いてしまった。

面倒臭い。

おそらく、ここに来るまでにあまり魔物に出くわさなかったのは、この村に集まっていたせいだろう。

そして話を聞く限り、《大騒動》《スタンピード》はこの村だけではなさそうだ。カミラはますます面倒臭い気持ちになった。

「み、みんな！　それにわたしのお父さんとお母さんは⁉　魔物に殺されてないかな……」

ルリが心配そうに、カミラの手を強く握る。

「貴様の父と母は強いのか？」

「ううん。魔物なんかと戦ったことないし……もし襲われたら殺されちゃう！」

ルリの声には焦りが滲《にじ》み出《で》ていた。

（まあこいつをこの村に送り届けたことだし……もう私には関係ないか。うん、ないはずだ）

だが――両親に会わせてやるくらいはしてもいいだろう。このままではルリは両親に会えずに、魔物に殺されてしまうのが関の山だ。

そう自分に言い聞かせ、目の前に立ち塞がる魔物を倒しながら、ルリの家に向かって進んでいると。

「お父さん！　お母さん！」

「ルリ！」

ウルフに襲われている一組の男女を発見した。

（……どうやらあれが彼女の両親のようだな）

ルリは両親を見てすぐに駆け寄ろうとする。

しかしカミラはそれを手で制した。

「待て。貴様のような弱い人間が魔物に立ち向かったら、それこそすぐに殺されてしまうぞ」

「で、でも……！　お父さんとお母さんが！」

悲愴《ひそう》な表情になるルリ。

「うむ……」

正直こいつの両親がどうなろうが知ったこっちゃない。

ルリ――そしてその両親を救う義理などカミラにはないのだ。

とはいえ。

「このままこいつの両親が殺されるのも、なんだかおさまりが悪いな」

それに私の目の前でこんなバッドエンドなど許さん！

なんと不敬なことであろうか！

人間を殺していいのは私達、魔王軍だけだ！

そうカミラは憤った。

「仕方ない」

彼女は颯爽《さっそう》と剣で魔物に斬りかかった。

「私に会ったのが運の尽きだったな」

あっという間にウルフが斬り伏せられ、ただの死体となったのだった。

「これで大丈夫だ。感動の再会とやらをするがいい」

「お父さん、お母さん！」

カミラがそう言うと、ルリは両親のもとに走った。

そして二人の胸に飛び込み、顔を埋める。

「ル、ルリ！　一体どこに行ってたんだ！」

「ごめんなさい……村の外に遊びに行ってたら、怖い人達に攫《さら》われて……」

「そうだったのか。だがお前が無事に戻ってくれて、今はそれで十分だ」

ルリとその両親は顔を泣きはらしている。

（……なんだこの茶番は？　くだらん）

しかし不思議なことに、カミラは自分の胸の内から、なにか熱いものがこみ上げてくるのを感じた。

カミラがそんな不思議な気持ちになっていると、視線の先に赤く光っているなにかが目に入った。

「ん？　これは魔石か？」

地面に落ちている魔石まで近付き、それを拾い上げる。

「自然のものではないな。どうやら人の手によって加工されている……？」

カミラは魔力の分析が苦手である。

しかしそれでもカミラが調べてみると、どうやら魔石から出ている魔力によって魔物が活性化してしまっていることくらいは分かった。

「一体人間はなんのつもりだ？　こんなものを作って。しかもそのせいで同族が魔物に襲われて、殺されそうになっているのだから話にならんではないか」

なにか実験をしていて失敗してしまったのだろうか？

どちらにせよ間抜けな話だ。しかし自分には関係はない——そうカミラはすぐに興味を失った。

「ふん」

カミラが魔石を思い切り握ると、パリンと音を立てて割れた。

これでしばらくしたら、魔物も村から退いていくだろう。

カミラがその場から立ち去ろうとすると、

「あのお姉ちゃんが助けてくれたんだ！」

ルリが彼女を指差す。

「おお……！　そうだったんですか。ルリをありがとうございます！」

「あなたがいなければ、この子は無事では済まなかったでしょう！」

今度はルリの両親がカミラに駆け寄ってきて、その手をぎゅっと握った。

「お、おお……別に礼はいらんぞ。用を済ませるついでだったしな」

その二人の顔を見て、カミラは戸惑ってしまう。

人間に礼を言われるなんて初めてのことだ……。

だが、不思議と不快にはならない。

それどころか照れ臭さを感じて、カミラは自分の頬を掻くのであった。

「だが……この村はもうお終《しま》いだ。すぐに逃げないと」

ルリの父がすぐに表情を引き締める。

確かに……ルリの両親が言った通り、カミラが魔石を潰したとはいえ、まだ魔物は村に残っている。

魔石の魔力をなくした魔物達は、これ以上数を増やすことはないと思う。

だが、どうやらこの調子なら、村の住民だけでは今いる魔物達を全滅させることも難しそうだ。

直《じき》に村は崩壊するだろう。

人もいっぱい死ぬ。

「ルリ……この村は貴様にとって大事なものなのか？」

気紛《きまぐ》れでカミラはルリに話しかけた。

「う、うん。ここはわたしがお父さんとお母さんと過ごしてきた大切な場所。出来ればずーっとここに住みたいけど……」

ルリが暗い表情を作る。

それを見ていると、カミラは何故かいたたまれない気持ちになった。

「……仕方ない。このまま放置するのも胸くそ悪いしな。それにこの村の住民でブラッドのことを知っている者がいるかもしれん」

カミラが肩を回す。

「待ってろ、ルリ。すぐにこいつ等を片付ける」

「お姉ちゃん、なにを……」

ルリが全てを言い終わらないうちに、カミラは疾走する。

この調子ならここだけではなく、近くの村や街も同じような目に遭っていることは間違いなさそうだ。

ブラッドの話を聞くためには、それらを討伐する必要があるかもしれない。

(しかし……やむを得んな)

それに……。

「貴様等、人間共を恐怖のどん底に陥れるのは我等魔王軍の仕事だ」

自分の知らないところで、人間共が蹂躙《じゅうりん》されているのはなんだか気持ち悪い。

「許可もなく、人間に襲いかかっているとは……ただで済むとは思うなよ？」

疾風のごとく剣を振るい、暴風のように次々と魔物をなぎ倒していくカミラ。

やがてそうかからないうちに、カミラは村にいた魔物の殲滅《せんめつ》を完了するのであった。

◆ ◆

ディルクは腰に差していた剣を抜き、持っていた魔石を柄に取り付けた。

そして地面を蹴り、俺に襲いかかってくる。

「……どうして魔石の力も借りずに、あなたの中の魔力が増大しているのかは分かりませんが——結末は同じです。死になさい」

剣を振るう。

対して俺も剣を抜き、相手の攻撃を難なく受け止める。

「遅いな。それに力もない」

剣を弾き、ディルクを遠ざける。

「まだまだぁ！」

するとディルクは四方八方から斬撃を繰り出し、俺を八つ裂きにすべく、さらに速く剣を振るった。

しかし……この程度では俺に傷一つ付けることすら出来んぞ？

俺は一つの取りこぼしもなく、剣を弾いていく。

「剣に付けられている魔石……それがお前の身体能力を向上させているようだな」

ディルクが持つ剣の柄の部分に装着されている紅色の魔石。

先ほどよりもさらに強く禍々しい光を放っていた。

俺が指摘すると、

「その通りです。この魔石は魔物を操るだけではなく、こういう風にして使うことも出来るんですよ」

ニヤリと笑みを浮かべ、ディルクが答えた。

「魔石の真価はまだまだこんなものではありません。覚悟しなさい」

そう口にして、さらにディルクは剣を振るう速度を速くした。

だが……。

「まだ遅いな」

俺は冷静に相手の動きを見切り、ことごとくディルクの攻撃を打ち落としていった。

「くっ……！」

そこで初めてディルクの表情が歪む。

「舐《な》めるなっ！」

さらに紅色の光が増していく。

その光はディルクを包み、やがて彼の姿は魔物のように変貌を遂げていた。

「ははは！　これが魔石の全力か！　清々《すがすが》しい気分だ！」

肌が赤黒く変色し、最早《もはや》彼を見て『人間』だと判断出来る者は誰一人いないだろう。

瘴気《しょうき》が体から発せられている。

どす黒い眼窩《がんか》がゆっくりと俺に向いた。

「力に溺れたか――よかろう。愚かなお前を俺が供養してやる。全力でかかってこい」

「があああああっ！」

まるで獣のような雄叫《おたけ》びを上げながら、ディルクが俺に向かって疾走してくる。

しかし。


「お前の全力はこの程度か？」

俺は片手で剣を握り、ディルクの攻撃を全て弾いた。

「な、なんだと……!?　一体、お前の中でなにが起こっている!?　初めて見た時とまるで違っているぞ！」

「さあな」

ディルクがそう言うのも無理はない。俺も戸惑っているのだ。


――殺せ。

またた。またあの声が聞こえる。

この声を聞いていると、頭がどうにかなってしまいそうになる。

だが――ギリギリのところで自分を押《お》し止《とど》め、正気を保ったままディルクと戦いを続ける。

「だ、だが！　まだこれでは終わらない！」

一旦俺から離れるディルク。

手をかざす。邪悪な魔力が奔流となった。

「フレイムバースト！」

ズゴォオオオオオオン！

轟音《ごうおん》。

俺を中心に大爆発が起こった。

「ははは！　私に逆らうからいけないのだ！　傅《ふしず》けば、奴隷として手元に置いてやったものを……

……？」

調子よく笑っていたディルクであったが、やがて煙が晴れると表情を一変させた。

「なんだ？　随分と涼しい炎だったたな」

姿がなに一つ変わらない俺を見て、ディルクは愕然《がくぜん》とする。

「偉そうにするから、どれくらい強いのかと興味があったが……正直、ガッカリだ。俺はお前より速い斬撃を見たことがあるし、この程度がそよ風と思えるほどの強力な魔法を浴びたこともあるぞ？」

四天王の連中を思い出す。

出鱈目《でたらめ》な力を持ったヤツ等に鍛えられることによって、いつの間にか俺は人間の中で破格の力を持つまでに至っていた。

ヤツ等が規格外すぎるせいで、自分のことを弱いと思っていたが……やれやれ。まさかヤツ等に感謝することになるとは。

この愚か者に制裁をくわえる力を身に付けられたことをな。

「あ、あ、あ……！　ば、化け物！」

「お前にだけは言われたくなかったがな」

ディルクが見る見るうちに、戦意を失っていく。

「くっ……！」

そんな彼の足下に魔法陣が現れた。

「こ、今回だけは見逃してやろう！　しかし世界の終焉《しゅうえん》はもう始まっているのだ。もう誰にも止められん！」

あれは……転移の魔法陣か？

どうやらディルクは他にも魔石を持っていたらしい。転移の魔石で魔法を発動させているようだ。

「勝てないと分かって、それで逃げるつもりか――しかし」

手をかざし、魔法陣に介入する。

改竄《かいざん》……内容は魔法陣の『無効化』。

「なっ……！　どうして発動しない！」

「そんなことも分からないか」

転移魔法を封じられたことによって動揺するディルク。

すかさず、俺は彼に向かって炎魔法を放った。

「があああああ！」

彼に直撃し、周囲に大爆発が起こる。

「こういう言葉を知っているか？」

倒れ伏しているディルクに近寄り、俺《おれ》はこう続けた。

「魔王からは逃げられない」


その場でしゃがみ、動けなくなっているディルクを確認する。

「私は……ただ世の中を変えたかっただけ。執事としてクアミア家に仕えていると否応《いやおう》なしに思うんですよ……生まれながらに貴族というだけで利益を享受し、庶民を虐げるような腐った世の中は間違っている……んじゃないかと。だから私は――世界を我が手におさめ……」

「お前が今までなにを考え、どういう人生を送ってきたかは知らん。しかし仮に世界が変わったとして、その時はお前が支配者側になるだけだ。お前の忌み嫌うな」

確かに、貴族が庶民に無理を強いるような状況にあるところは、この世界には山ほど存在しているだろう。

しかし——少なくとも、クアミア家はそうとは思えなかった。

それはバイロンさんを見ていてなんとなくそう思うし、じゃないとアリエルのような努力家の娘が生まれ育つとは考えにくいからだ。

「どちらにせよ、お前のように身勝手で論理が破綻していて、急進的な革命を俺は良いとは思えない。そんなものはまやかしで、すぐダメになるだろうからな」

「……ふっ、若いですね。なにも分かっていない……」

まあなんにせよ、こいつの身の上話にこれ以上耳を貸す義理もない。

炎魔法の直撃をくらったディルクは、最早死に体だ。このまま放っておけば、そう遠くないうちに死に至るだろう。

「だが……お前にはまだ利用価値がある」

しかし俺は彼に手を当て、治癒魔法を発動した。

「わ、私を助けてくれるというのですか……？」

ディルクの戸惑いの声。

「助ける？　なにを勘違いしているんだ」

自分の身勝手な欲望のために、周辺に《大騒動《スタンピード》》を引き起こした彼は、相応の罰を受けてもらわなければならない。

しかしディルクにはまだ聞きたいことが山ほどある。このまま殺すのは悪手だ。

こいつの言うことが本当ならば、今ノワールでは《大騒動《スタンピード》》が起こっている。《大騒動《スタンピード》》が起こっている原因は、こいつが持つ紅色の魔石だ。それを止めるためにも、彼からさらに情報を引き出す必要がある。

「言え。どうすれば《大騒動《スタンピード》》を止めることが出来る？」

ディルクに問いかける。

するとと彼はかすれた声で。

「も、もう誰にも止めることは出来ない。一度でも紅色の魔石を使えば、壊すまで止められない……それに――魔石を取り付けたあれも、もう少しで眠りから目覚めるだろう」

「あれとはなんだ？」

「それは――」

俺が質問すると、ディルクはあっさりと口を割った。

それを聞き、俺は身が縮み上がるような気持ちに駆られる。

「なんということを……お前は正気なのか。そんなものを目覚めさせてしまえば、人間達の力だけでなんとかするのは至難の業だろうに」

「……穢《けが》れたものは、一度全部滅んでしまえばいい。そして……崩壊した街に我等……教団が訪れる。そうなればもうやりたい放題です。ノワールを支配し、そしてゆくゆくは世界を……」

「どうやらお前の背後には、なにかがいるみたいだな。眠りから目覚めるあれもお前じゃなくて、その教団とやらが用意したのか？」

「………」

訊《たず》ねるも、ディルクからはそれ以上答えが返ってこなかった。

しかし彼の表情は、俺の言ったことが答えであることを示しているかのようだった。

どちらにせよ、これだけのことをディルク一人でやれるとは思えない。裏に組織がいることは間違いないだろう。

とはいえこれ以上情報を引き出すのは時間がかかりそうだ。このことは一旦あとにしよう。

今から俺は周辺の村や街まで行って、魔物を片付けながらその魔石を壊す必要がある。見捨てることは、とてもじゃないが出来ないからだ。

さらにその足でノワールにも戻らないといけない。

それまでアリエル達が持ちこたえてくれると思うが……あれが目覚めるとなれば心配だ。出来る限りノワールへは早く帰る必要がある。

正直……体がいくつあっても足りないと感じた。

なんにせよ。

「すぐにノワールに帰らなければならない。お前とこれ以上悠長に喋っている時間も今はないからな」

「一体なにを……」

「常闇でゆっくり眠っておけ」

収納魔法でディルクをおさめる。

収納魔法はなにもモノや死体だけをおさめられるわけではない。応用を利かすと、このように人間を収納することも出来るのだ。

とはいえ、生きた人一人を収納するだけでも魔力を持っていかれる。

さらに収納魔法でおさめられた人間は、結果的に暗い空間に閉じ込められることになってしまう。

閉じ込められた者の精神に大きく負荷がかかるので、あまり多用出来る方法ではない。

「まあ……今はゆっくりそんなことを考えている場合じゃない。すぐにノワールに戻るか」

地面を蹴って、ノワールに向かって駆け出す。

しかし一分一秒が惜しい。

自分の体に身体強化魔法をかけた。

魔力を消費してしまうのはきついが……贅沢《ぜいたく》は言ってられない。

「間に合ってくれよ……！」

ノワールのことを思いながら、俺は必死に走った。

しかしその心配は無用なものになった。

道中、いくつかの街や村に立ち寄ったが。

「魔物が……全滅している？」


魔物に滅ぼされた場所は一つもなかったどころか、《大騒動《スタンピード》》がおさまりを見せている。

嬉しいことではあるが、同時におかしい。

その場所の人達で対処しきれなくなったから《大騒動《スタンピード》》が起こっているのだ。

そう簡単に片付けられるものとは思えないが……。

時間がないので詳しい聞き取りは出来なかったが、何人かの村人に話を聞いてみた。

すると彼等は口を揃えて、

『救世主が現れた。若く美しい女性であったが、その者は剣を振るい、あっという間に魔物を殲滅してしまったのだ』

と語っていた。


「若く美しい女性……？　それに剣……」

それだけを聞いて、カミラ姉《ねえ》の顔を思い浮かべるが……まさかな。

彼女は人間のことが嫌いだった。わざわざ人間の集落を救うほど、酔狂ではないだろう。

しかし——行く先々で村や街を救う、お伽噺《とぎばなし》の勇者のような人間が世の中にはいるんだな。

「いつか会ってみたいものだ」

正直助かった。これならば予定よりもかなり早くノワールに帰ることが出来る。

顔も分からない救世主の存在は気になるが、ゆっくりしている時間はない。

地面を蹴り、再びノワールへと疾駆した。

◆　◆

（まさかディルクが——）

アリエルは揺れる馬車の中で、先ほどのことを思い出していた。

ディルクは幼い頃から、メイドのシェリルと一緒にアリエルの世話をしてくれた執事だ。

あれは六歳くらいの頃だったただろうか——。

勉強が嫌になって、彼女はディルクに泣きついたことがある。

『お嬢様——お勉強が嫌なら止めてしまいましょう。もし勉強をしなかったとしても、私はあなたのことを嫌いになりませんから』

と目を見て慰めてくれた。

（ふふふ。小さい頃のわたくしはあれで火が付いて、逆に勉強を頑張るようになりましたね。つい最近のことのようですわ）

しかし——先ほどディルクは「昔から嫌いだった」とアリエルに言い放ったのだ。

いつも優しかったディルクの姿と、そんなことを言う彼とは重ならない。

そのせいで、こんな緊急事態だというのに——アリエルは頭がぼーっとして、上手《うま》くものごとを考えられなかった。

「アリエル」

そんな彼女の名前を呼びかける一人の少女がいた。

エドラだ。

「……さっきのこと、やっぱりショック？」

「……はい」

エドラに胸の内をぶちまける。

「はは、情けないですよね。ディルクは悪い人だったというのは確定していますのに……こんなことを考えているだなんて。まださっきのことは全部嘘で、いつものディルクに戻っているのでは……と考えてしまいますわ」

「うん。今のアリエル、情けない」

エドラの言葉に、アリエルはハッとした表情になる。

「え……？」

「じゃあもう戦うの止める？　さっきのことを全部嘘だと決めつけて、このままどっかに行っちゃう？」

戦うのを止める――。

エドラの声が、何故だか昔のディルクと重なった。

「いえ……それは――」

「私、アリエルのことを尊敬してた」

アリエルが言おうとする前に、エドラはそんな彼女の肩を強くつかむ。

「ノワールで唯一のSランク冒険者。いつも冷静で、みんなを助けるためには自分すらも犠牲にする」

「わたくしは……ただ必死だっただけですわ」

「それだけじゃない。私と違ってみんなから愛されている冒険者。それが私の目に映っていたアリエル。でも――今のアリエルはすごくちっちゃく見える」

「ちっちゃく？」

エドラが首肯する。

彼女にしては珍しく、こう饒舌《じょうぜつ》に続ける。

「ねえ……どうしてアリエルは今まで冒険者として、これだけ頑張ってきたの？　アリエルが冒険者になった理由は知らないけど、あなたの戦う理由って信じていた人に一度裏切られたくらいで捨てられるほどのものだったの？　ねえ、アリエル。戻ってよ。私の尊敬する――カッコいいＳランク冒険者に」

「エドラ、泣いているんですの？」

エドラの声に嗚咽《おえつ》が混じっている。

彼女はそのままアリエルの胸に顔を埋めてしまった。

「……ごめん。でも私も怖い。《大騒動《スタンピード》》だなんて、生まれて初めてだったから……死んじゃうかもしれない。だけど――ブリスと、そしてアリエルと一緒だったら絶対に負けないと思ったから……今は不安になって泣いちゃってると思う」

「…………」

アリエルはエドラの背中を撫《な》でながら考える。

（そうですわ。わたくしはなにを考えていたんですの？）

アリエルが冒険者になった理由――それは勇敢な母親に憧れて……だ。

みんなを守れる力が欲しい。

まだ成長途中だが……それでも冒険者になって必死に剣を振るって、ここまで来た。

（ディルクのことはショックです。それは認めましょう。だけどわたくしは――）

自分の頬をパチンと叩《たた》く。

「……エドラ、ありがとうございます。目が覚めました」

そう言うアリエルの瞳には、もう迷いはなかった。

「行きましょう。わたくしはわたくしのするべきことをやるのみですわ。ノワールに戻って、誰一人見捨てずに救う。わたくしの剣はそのためにありますわ」

「アリエル……」

顔を上げたエドラの目元にアリエルはそっと手をやって、涙を拭ってあげる。

いつも無表情の彼女がこれだけ感情を露《あら》わにしてくれたのだ。怖いというのは事実だろう。

（わたくしだって怖い。だけど――）

逃げるわけにはいかない。

アリエルは顔を上げ、馬車が進んで行く方向を一心に見つめた。


アリエル達がノワールに戻ると、既に街はごった返したような騒ぎになっていた。

「ああ……なんということ……」

街では魔物達が蠢《うごめ》き、人々を襲っている。

冒険者達がなんとか魔物達を食い止めているが、それも最早限界のように思えた。

次々と入り口を突破して、魔物達が街の中に入り込んでいく。

「アリエル、行こ」

「ええ……！　取りあえず、すぐにギルドに向かわないと！」

ギルドで詳しい戦況が聞けるはずだ。

アリエルとエドラはすぐにギルドへ急いだ。

「アリエルさん！　エドラさん！」

ギルドに着くと、受付嬢のシエラが二人の名前を叫ぶ。

中にいた冒険者達や職員達の視線が、一斉にアリエル達に集まった。

「シエラさん、街の状況はどうなっていますか？」

「それはオレから説明しよう」

説明しようとしたシエラを手で制して、大柄な男が前に出た。

ノワール冒険者ギルドのマスター、モーガンだ。

「正直な話をすると、オレ達にもなにが起こっているか分からねえ。定期的に魔物は冒険者達に狩ってもらっていたし、唯一の懸念事項であったゴブリンキングの件もお前さん達に始末してもらった。《大騒動《スタンピード》》なんて起こらないはずだった。それなのに……どうして……」

「それについて一つご報告があります」

「報告？」

「クアミア家の執事、ディルクがわたくし達を裏切りました。もしかしたら彼が原因かもしれません」

アリエルが言うと、モーガンは目を大きく見開いた。

エドラに励まされてから、アリエルは馬車の中でずっと考えていた。

どうしてディルクはわざわざこのタイミングで自分を殺そうとしたのか？　ただ嫌いだったという理由で自分を殺そうとするものか？

しかし――この《大騒動《スタンピード》》に彼が一枚噛《か》んでいると考えれば、全てに説明が付く。

アリエル達をノワールに行かせたくなかったのだ――と。

裏付けはない。

だが、なにより――ディルクのあの時の表情を見ていると、なんとなくそんな気がしてくるのだ。

それは長年ディルクを見てきたアリエルだからこそ、導き出せた答えだったのかもしれない。

説明を終えると、モーガンは「なるほどな……」と顎髭《あごひげ》を撫でた。

「そのディルクってヤツには、後で話を聞かないといけないな。そういえばアリエル、ブリスはどこに行った？」

「ブリスはディルクと戦っていますわ」

「ふむふむ。ブリスは後どれくらいでノワールに着く？」

「分かりません。ただ……馬車はわたくし達が乗ってきましたし、おそらく……早くて明日になると思います」

アリエルが言うと、モーガンが見るからに肩を落としたのが分かった。

当然だ。

現状、ノワールの最強戦力は彼なのだ。

みんな、ブリスが戻ってくるのを期待して、なんとかこの防衛戦を凌《しの》いでいる。

「最低でも明日まで持ちこたえなければならないのか……」

「はい……ですが、ブリスのことです。わざわざ馬車をわたくし達に預けて、その場に残ってディルクと戦ったということは、なにか考えがあるはずですわ。信じましょう」

「……ふう、やれやれ。アリエルはブリスを心から信頼しているようだな」

「当然ですわ」

アリエルが断言する。

「と、とにかくブリスが戻ってくるまで、なんとか防衛しなけりゃいかん。明日までかかると見て……」

「GUOOOOO！」

その時であった。

ギルドの扉をぶち破って、何体かの魔物が入り込んできたのだ。

「ちっ……！　他の冒険者共はなにをしてやがる⁉」

「す、すみません！　魔物の勢いを止めることが出来ず……！」

モーガンは焦っているのか、口調が荒々しくなっていた。

「戦うしかありません！」

「私も頑張る」

アリエルとエドラは剣、そして魔法杖《まほうじょう》を振り上げて、魔物達と戦っていく。

SランクとAランク冒険者コンビということもあり、見る見るうちに魔物の数は減っていった。

しかし……それを上回るレベルで魔物達が押し寄せてくる。
そうして戦っているうちに、アリエル達はギルドの外まで出てきてしまっていた。
（くっ！　このままではキリがありません！　ブリス……！　早く！）
アリエルが切に願った。
その時であった。
「アリエル！」
彼女の名を叫ぶエドラの声。
気付く。魔物のウルフが接近しており、彼女に牙を突き立てようとしていたのだ。
普段の彼女なら有り得ないことだ。
しかし連戦の疲労によって、見逃してしまった。
（わたくしはまだ……こんなところで死ねませんのに……！）
ウルフが彼女の肉を断ち切ろうと、牙を突き立て――。

「悪い。待たせたな」

刹那。
彼女の前に一人の男が現れ、ウルフの攻撃を剣で受け止めた。

「ブリス……！」

救世主の登場であった。

◆　◆

アリエルに襲いかかろうとしたウルフを剣で両断し、俺は彼女に顔を向けた。

「なかなか酷《ひど》い状況みたいだな」

「ええ……！　このままでは街が……」

「安心しろ」

アリエルの頭にポンと手を置く。

「なんとかなるさ」

さて……と。

「ブリス。そういえば、ディルクは？」

「収納魔法でおさめておいた」

随分と重い荷物だった。

俺は収納魔法を発動して、ディルクを出す。

「は、はは……光……？　助かったのか……？　は、ははは！」

すると途端に、彼は気色悪い高笑いを上げた。

「ディ、ディルク⁉　……で合っているんですわよね？」

「ああ」

ディルクの代わりに、俺がアリエルの問いに答える。

アリエルがこんなことを言うのも無理はない。

今のディルクは魔石の力を借りたことによって、既に風貌が人間らしからぬものに変貌しているのだ。

さらに収納魔法でおさめておいた副作用なのか、酷く錯乱している。

「この《大騒動《スタンピード》》が起こったのは、どうやらこいつが持っていた紅色の魔石が原因らしい」

「ディ、ディルクが紅色の魔石を⁉」

「ああ。詳しい話は戦いが終わってからすると して……おい、ディルク」

彼の目を見て、俺は質問する。

「言え。お前が魔石を取り付けたあいつは一体どこで眠っている？」

眠っているなら——起きる前に片付ければいいだけのことだ。

無論、そう上手くいかないかもしれないが、現状あれに勝つためにはこの方法しかない。

「あれ……？」

アリエルが俺の言葉に、首をかしげた。

「ああ——アリエル。落ち着いて聞いてくれ。実は……」

そう口を開いた――瞬間であった。

ゴゴゴゴゴゴゴ――ッ！

地が震える。

オオオオオォォォォオオオオオオン！


悲鳴のような声が聞こえた。

辺りを見渡すと、全ての魔物達が戦闘を止め、まるで恐怖しているかのようにその場で震えていた。

「これだけ魔物が怖がっているなんて有り得ない……！　一体なにが起こっているの？」

エドラの声にも戸惑いが混じる。

「ちっ……少し遅かったか。アリエル、エドラ！　上だ！」

俺は空を指差す。

そこには……。

「ド、ドラゴン……！」

アリエルがそれを見上げて震えた声を出す。

「古代竜《エンシェントドラゴン》——神の災厄とも呼ばれる最強のドラゴンだ」

オオオオォォォォォオオオオオオン！

古代竜が雄叫びを上げる。

それは翼をはためかせ、低空で滑空していた。

そのため上空がすっぽりと古代竜の体で覆われてしまい、街はまるで夜のように暗くなった。

「古代竜⁉　神話時代の生き物ではないですか。そんなものが、どうしてこの街に……」

「それについては……アリエル。落ち着いて、古代竜の額を見てみろ」

「ひ、額……？」

アリエルはゆっくりと古代竜の額の方に、視線を移した。

その体が巨大すぎるため、一見目立っていない。

しかし額のところに紅色の魔石がきらめいているのを、俺は見逃さなかった。

「紅色の魔石が取り付けられている。あれのせいでこの近くにいた古代竜が目覚め、ここまで来たんだろう」

元来、古代竜というのは温厚な種族だ。こちらから積極的に攻撃を仕掛けない限りは、襲いかかってきたりはしない。

しかし――目の前の古代竜は正気を失い、酷く好戦的に見えた。

倒さない限りは止められない。

「か、かかか！　終わりだ！　世界は終焉を迎える！　終焉を迎えた後、我が教団が救いの手を差し伸べ、皆は我等を崇《あが》めるしかなくなるのです！」

ディルクが耳障りな笑い声を上げている。

周辺の街や村に紅色の魔石をばらまいたことも含め、ディルク一人でやれる作業とは到底思えない。

彼の裏にいる教団とやらは、どれだけ強大な組織なのだろうか。

「まあ……今はそのことについて考察している場合じゃないな。古代竜を始末しなければ――ん？」

古代竜の口が徐々に開かれる。

口内が黄金色で満たされていった。

「ブ、ブリス……ですが、どうやってこんな化け物を倒せば……」

「アリエル！　退がれ！」

俺は古代竜の目の前に躍り出て、結界魔法を展開した。

古代竜の口内から、波動が発射される。

全てを焼き尽くす、黄金色の炎だ。

しかし俺があらかじめ結界魔法を展開していたおかげで、不可視の透明な結界に炎は激突。

「くっ……！」

さすがは古代竜といったところか。

波動に押され、徐々に結界が崩れていく。

「舐めるな！」

さらに結界魔法に魔力を注《つ》ぎ込《こ》む。

ぶつかりあった衝撃によって、周囲に爆風が広がった。

それによって、建物の屋根のレンガがいくつか壊れるが……なんとか被害を最小限に抑えることが出来た。

「ちっ……面倒臭いヤツだ。紅色の魔石によって、ただでさえ強い力を増幅させているということか」

今のでさらに魔力を使ってしまった。

紅色の魔石によって、パワーアップした古代竜。さらには連戦のせいで、さすがに俺の体に疲労が出始めてきた。

俺一人で倒せるかとなると——どう考えても無理だろう。

「さて、どうしたものか」

こうしている間にも、古代竜は攻撃を放ってくる。

時にはかぎ爪を振るい、時には翼をはためかせた。

まさに動く神の災厄だ。

俺は結界魔法で攻撃をなんとか防ぎながら、冷静に勝算を見出《みいだ》していく。

「……ならば特攻するのも有りか？」


このまま防御し続けていても、いつかは相手に押し切られてしまうためだ。

行動を起こすなら早い方がいい。

しかしそれはリスクが高すぎる。

現状、こいつとまともに渡り合えるのは、この街で俺一人だけだ。

俺の敗北がすなわち、街の崩壊を意味するのだ。

ならば捨て身で攻撃を繰り出すのは……最終手段。まだそれをするタイミングではない。

「ゴブリンマスターの時と同じ戦法でいくか？」

思考を巡らせる。

魔石から供給されている魔力が厄介だ。あれさえ一時的に停止させられれば、なんとかなるかもしれない。


「ブリス！」


思考に没頭していると、アリエルとエドラの声で意識が引き戻される。

「ブリス……！　あなた、もしかして一人で戦おうとしていないですか？　わたくし達も仲間なんですから、頼ってください」

「みんなで立ち向かわないと……街がなくなっちゃう……！」

そうは言っているものの、アリエルとエドラの声は震えていた。

怖さを抑え、古代竜に立ち向かおうとしているのだろう。

そうだな……魔王城にいる頃は仲間などいなかったものだから、俺はつい一人で解決しようとする癖がついてしまっている。

俺にはこんな素晴らしい仲間がいるのだ。

一人で戦う必要など一切ない。

「アリエル──聞きたい。気斬《きざん》は同時に何発までなら放つことが出来る？」

「え？」

なにを言われたか分からなかったのか、アリエルが一瞬きょとんとした表情になる。

「三……いえ、頑張れば五発までなら同時に放てますわ！」

「五発か……それならなんとかなるか。なあアリエル、エドラ。今から言う俺の作戦に協力してくれるか？」

「は、はい！」

アリエルは拳をぎゅっと握り、エドラは覚悟を決めたような表情で頷いた。

「ヤツの魔石を一時的に使用不可の状態にしてしまいたい。しかしゴブリンマスターの時以上に、ヤツの防御が固い。そこでアリエルとエドラの二人で、それを打ち破って欲しい」

「わ、わたくし達でですか⁉」

「そうだ。端的に言うぞ。今からアリエルとエドラには俺が支援魔法をかける。そしてアリエルは気斬、エドラは魔法を放って古代竜に攻撃を放って欲しい。どうだ、簡単だろう？」

「で、ですが……果たして古代竜に、わたくしの攻撃が届くでしょうか……」

アリエルが自信なさげに俯《うつむ》く。

「アリエル、危ない！」

こうしている間にも古代竜は攻撃の手を休めない。

古代竜の口からアリエルに向かって波動が放たれ、当たる寸前のところで俺は彼女を抱えて横っ飛びで回避した。

「説明している暇はあまりない。しかしアリエル——この作戦は自信を持つことが大切だ。だから——」

「……ブリスの支援魔法なら大丈夫」

俺がアリエルを説得していると、エドラが駆け寄ってきて、ぽつりとそう呟《つぶや》く。

「ゴブリンマスターの時もそうだった。みんなは私の魔法を褒めてくれたけど、あれはブリスの支援魔法があってのことだった」

「そ、そうだったのですか⁉　ですが、支援魔法をかけている様子は一切なかったですが……？」

「うん。本来支援魔法は発動するのに時間がかかる。でもブリスは私の肩にポンと手を触れるだけで、支援魔法を発動した。それはとってもすごいこと」

エドラの説明にアリエルが驚いている。

やはり彼女にはバレていたか。

「アリエル、エドラ――俺のことを信じてくれ。俺に命を預けてくれるか？　俺の目算なら三人で力を合わせれば、十分勝てるはずだ」

　これが今、俺達が出来る最善の策だ。

「はい……！　分かりました。あなたに命を預けますわ」

「ブリスの言う通りにする」

　二人はすぐに首を縦に振ってくれた。

「それにしても、ブリスはやっぱりすごいですわね」

「なにがだ？」

「神話時代の生き物――古代竜を前にしてそれだけ冷静でいられるなんて。わたくしなんて、恐怖で体が未《いま》だに震えていますわ」

「そうかな」

　最強の四天王共に地獄のような訓練を施されていたせいで、色々と感覚が麻痺《まひ》しているのかもしれない。

「まあ今は古代竜を倒すことだけを考えよう……勝つぞ！」

「はい！」

「うん！」

　俺達はそれぞれの武器を握り、古代竜を見据える。

俺はアリエルとエドラの肩をポンと触り、支援魔法をかける。

「すごいですわ！　力がみなぎってきます！」

「あの時と同じ……！」

「驚いている暇はないぞ。二人とも……後は任せた！」

俺が言うと、二人とも頷く。

古代竜が口から波動を出す。

「ちぃ……おとなしくしてろよ！」

それを結界魔法で防ぎつつ、俺はエドラを見ていた。

彼女は古代竜に手をかざし、

「サンダーストーム！」

雷の上級魔法を発動する。

雷の嵐が古代竜を中心に吹き荒れる。

オオオオォォォォォオオオオン！

古代竜は悲痛な叫び声を上げた。

しかしこれだけでは古代竜は倒せない。耐久力が他の魔物と比べて、段違いなのだ。

あくまで古代竜の動きを止めたにすぎない。

だが……。

「アリエル！」

「はい！」

アリエルの名を呼びかけると、彼女はすっと目を瞑《つぶ》り大きく息を吐いた。

うむ……冷静だ。その調子だ。

古代竜の顔がこちらを向く。俺達を脅威に感じているのだろう。

しかしこれこそ、飛んで火にいる夏の虫というヤツだ。

「今です！」

アリエルは剣を構え、

「《千本気斬華《せんぼんきざんばな》》！」


と大きく声を発した。

「はああああああ！」

目にも止まらぬ斬撃を、遠距離から古代竜に取り付けられている魔石に浴びせていく。

一の気斬の間に、千の気斬を放つ。アリエル必殺の一撃である。

オオオオオォォォォォオオオオン！

古代竜がさらにうるさく叫《わめ》いた。

紅色の魔石が一層輝き、やがて魔力の供給を一時的にストップした。

「よくやった、二人とも！」

これで古代竜の耐久力は低下した。

これなら俺の攻撃が、古代竜の固い装甲を穿つはず……！


「これで終わりだああああああ！」


跳躍——そして一閃《いっせん》。

剣が古代竜の体軀《たいく》を走り、一刀のきらめきが勝利をたぐり寄せる。

「やった……か？」

手応えはあった……！

これなら古代竜にトドメを刺せたはず——


オオオオオォォォォォォオオオオン！


——しかし神の災厄はあまりにも無慈悲であった。

古代竜が咆哮《ほうこう》を上げ、出鱈目に尻尾を振り回す。

「くっ！」

俺はそれを剣で受け止めるが、衝撃を吸収しきれない！

「「ブリス！」」

アリエルとエドラの叫び声が聞こえた。

吹っ飛ばされ、俺は建物の壁に体を埋めてしまっていた。

「ダ、ダメだったか……」

三人で力を合わせた一撃すらも、古代竜を倒すことが出来なかった。

それはつまり――打つ手なし。

俺も魔力が足りない。もう一度先ほどと同じ支援魔法を二人にかけることも不可能だ。

死――。

『だからお前は無能なのだ。この程度で諦めるとはな。やはりお前が魔王城を出て、一人でやっていくことなど不可能だったのだ』

その時――何故だか、カミラ姉の顔が思い浮かんだ。

彼女は軽蔑したような眼差しを向け、あの日と同じように俺を罵倒した。

――無能。

――とくん、とくん。

まただ。

魔王城を出て行こうとした時——そして先ほど、ディルクと戦った時と同じような感覚が俺に走った。

血が騒ぐ。血が沸騰する。

俺の中に流れている血が獲物を見つけて喜んでいることを、実感した。

「確かに俺一人では生きていけないかもしれない。しかし……俺には仲間がいる。仲間が紡いでくれた逆転の好機、俺が諦めるわけにはいかない」

もう一度前を向く。

不思議だ。先ほどまで体中を襲っていた痛みがすっかりなくなっていた。

魔力も回復——いや、それどころか元の量より増幅していく？

負ける気などしなかった。

古代竜が雄叫びを上げ、俺に向かって何発か口から火球を吐く。

だが。


「魔王《おれ》に逆らうとは良い度胸だ」


そっと手をかざす。

俺の前に黒色の球体が現れる。

それは放たれた全ての火球を吸引する。

そのまま球体は火球ごと、おとなしく消滅してしまった。

「こんな攻撃ではまだ生温《なまぬる》い」

今度は古代竜に照準を合わせる。


「ダークバースト」


古代竜を囲むように、闇色の牢獄《ろうごく》が形成された。

すぐにヤツは逃げ出そうと試みるが、この魔法が発生してしまってからでは遅い。

しかもまだ紅色の魔石の効力は一時的に停止したまま。そのような状態では闇の炎から逃れることは出来ない。

力をなくした古代竜に対して、いくつもの大爆発が起こる。

鱗《うろこ》が剝がれ落ち、古代竜から血飛沫《ちしぶき》が上がった。

古代竜は叫び声を上げ続けていたが、やがて街に向かって降下していった。

「ゆっくり眠れ」

俺はヤツに重力魔法をかけ、街の外れ――ノワールの森に降下していくように調整した。こんなものが街に落下したら、ただじゃ済まないからな。

《探索》を即座に使用するが、古代竜から生体反応を感じない。

ヤツが完全に死んだことを確認した。

俺達の勝利であった。

「……終わったか」

息を吐く。

しかし……なんだ？

この喉の渇きは。

「もっと戦いたい……」

……!?

今、俺はなにを言った？

自分でも信じられないような言葉が口から出てしまったような気がしたが……。

「はあっ、はあっ……」

胸を掻きむしる。

ダメだ。

このままでは、誰彼構わず襲――。


「ブリス！」

その時。

そんな俺を優しく抱きしめてくれる人物が現れた。

「アリエル……」

「どうしたんですの？　疲れたんですか？　あなたらしくありません。あなたのおかげで、古代竜は死んだんですわよね？　古代竜との戦いは――終わったのです」

心が正常に戻っていく。

「ああ。心配させて悪かった。ちょっと疲れただけだ」

アリエルの両肩をつかんで離す。

「ブリス……血が……」

「ん？」

アリエルがハンカチを取り出し、俺の額から流れる血を拭いてくれた。

「ありがとう」

「ふふ。やっぱりブリスは、今の透き通った目の方が素敵ですわ」

「今の？」

「ええ……先ほど、目が血のように赤くなっていました。だから心配になって駆け付けたのですが……」

小さく笑うアリエル。

分からないことは多い。この力の正体はなんなのだろうか？　一体、今俺の身になにが起こったというのか――。

しかしそれをゆっくり考えている余裕はない。

何故なら。

「さあ……まだ魔物は残っている」

古代竜登場のせいで――いや、おかげでと言うべきだろうか――紅色の魔石の魔力にあてられていた魔物達が、少しおとなしくなっている。

おそらく、神の災厄を目のあたりにして一時的に正気を取り戻したのだろう。こうなった魔物相手なら、片付けるのはそう難しくない。

しかしまたいつ――先ほどの状態に戻るか分からない。

休んでいる暇はないな。

「まずはこいつ等を全て片付けてから、ゆっくりしよう。街に散らばっているであろう魔石を回収しながら戦っていけば、そう時間はかからないはずだ」

「そうですわね」

俺達は気を引き締め直し、走り出した。

その後、古代竜の死亡によって士気が上がった冒険者達と力を合わせて、街の中にいた魔物を全て片付けたのであった。

# エピローグ

「ブリスさん！　アリエルさん！　エドラさん！」

戦いを終えギルドに戻ると、真っ先にシエラさんが俺達《たち》を見て叫んだ。

「シエラさん……無事でしたか」

「は、はい！　そんなことよりも、ブリスさん達もご無事でなによりです。古代竜《エンシェントドラゴン》を倒した、あの黒色の炎……あれはブリスさんの魔法ですよね？」

シエラさんに問われ、俺は首肯した。

「全く。お前等は大したヤツだ」

話していると、奥の方から大柄で髭《ひげ》を生やした男が現れた。

「えーっと……」

「そういえば、こうして顔を合わせるのは初めてだったな。オレはモーガン。一応ここ、冒険者ギルドのマスターをしている」

「そうでしたか。初めまして。俺は……」

名乗ろうとすると、モーガンさんはさっと手で制した。

「いや、名乗らなくても大丈夫だ。ブリス、お前さんのことはよーく分かっているんだからな」

「ブリスは有名」

モーガンさんとエドラがそう言う。

まあ俺のことは、ギルド内でさすがに評判になっているのだろう。

「それで……街の状況はどうですか？　街のみんなは無事ですか？」

一応質問すると、モーガンさんはぐっと親指を突き立てた。

「大丈夫だ！　魔物も全滅したし、《大騒動《スタンピード》》も完全におさまった。ちょっと怪我《けが》をしているヤツはいるが——なあに、命に別状はねえ。お前さん達のおかげでな」

少年のようなくしゃくしゃとした笑みを、モーガンさんは浮かべた。

「良かった……」

「それに近隣の街や村にも《大騒動《スタンピード》》が起こっていたが、目立った被害はないらしい。なんでも女の救世主が現れたって、みんなは言っているらしいが……お前さん達じゃないよな？」

俺達は顔を見合わせ、一様に首を左右に振る。

「誰なのかは分かりませんね……でも話を聞く限り、各地の《大騒動《スタンピード》》をたった一人でおさめたんでしょう？　相当腕の立つ人間なんじゃ？」

「その通りだ。しかし立派なヤツがいるもんだな。きっとそいつは聖人に違いねえや」

「全くです」

ノワールや周辺の各地の《大騒動《スタンピード》》が無事におさまった——と聞いたとなったら、次に気になることはあれだな。

「モーガンさん。ディルクは……」

そう言葉を発しようとした時であった。

「歩きやがれ!」

怒声。

振り返ると、縄でぐるぐる巻きにされたディルクが、両脇を屈強そうな男に抱えられて冒険者ギルドに入ってくる姿が見えた。

紅色の魔石の影響がうすらいだのか——ディルクは先ほどの異形の姿をしておらず、すっかり元に戻っていた。

「ちっ……」

小さく舌打ちをして、ディルクが渋々と歩き出す。

「アリエルから聞いて、一応捕まえている。《大騒動《スタンピード》》の原因かもしれないからな。ブリス、なにか知っているか?」

「実は……」

俺が説明すると、モーガンさんは少し驚いたように目を大きくした。

「なるほどな……ならこいつはノワール——そして周辺の街や村を、これだけ大混乱に陥れた大犯罪者なわけだ。最終的には王都に引き渡されて、罰を受けることになると思う。それまでギルドの地下にある牢屋《ろうや》に閉じ込めておくのがよさそうだな」

とモーガンさんはニヤリと笑った。

彼のバックにある教団という組織も気になる。紅色の魔石を大量に保持し、かつ魔物にも取り付けることの出来る組織ということだ。

なかなか問題は根深そうだ。

その後、古代竜の死体についてどうするのかについても軽く話し合った。どうやらこれから冒険者を向かわせて回収するらしい。

「ディルク」

両脇を屈強な男に取り押さえられて、ギルドの地下に向かおうとしているディルクに――アリエルが話しかけた。

「それ相応の罰を受けなさい。逃げ出そうなんてことは考えないことですわ」

「………」

アリエルに話しかけられたことにビックリしたのか、一瞬ディルクが目を見開く。

「……お嬢様」

「なんですか?」

恨み言の一つや二つ言うつもりだろうか。

ならばその前に止めなければならない。これ以上アリエルが傷つくところを見るのは嫌なのだ。

だが、意外にもディルクは全く逆のことを口にした。

「――少しは成長したみたいですね」

「え？」

アリエルが思わず聞き返す。

「小さい頃は、あんなに頼りなかったのに……立派なものです。正直驚きました。私の計画が失敗したのは、あなたの成長速度を見誤っていたことも一因でしょう」

「……そうですか」

「あなたのことが嫌い——これは事実です。昔は頼りなかったのも事実ですが、お嬢様はどんな困難を前にしても決して諦めようとしませんでした。そういう姿に私はむしゃくしゃしてたんですよ。まあせいぜい頑張ってくださいな」

「あなたに言われなくてもそのつもりですわ」

アリエルはまだ厳しい視線を向けたまま。

しかしぎゅっと握られた手を見ると、僅かに震えていた。

その震えが怒りなのか——それとも、もっと別の感情からくるなにかなのか……俺には分からなかった。

ディルクは最後にそれを言い残し、そのまま地下牢へと消えてしまった。

「……アリエル」

彼女の後ろから肩にポンと手を置く。

「その……なんだ。出会った頃に比べ、俺もアリエルはすごい成長していると思う。今回の古代竜も俺一人じゃ勝てなかった。だからもっと自信を持っていいと思うぞ」

「……はい。ありがとうございます」

嬉《うれ》しさを噛《か》み締《し》めるように、そうアリエルは言葉を漏らした。

信頼していた執事、ディルクに裏切られたのは辛《つら》いことだろう。

しかしこの一件で、またアリエルが大きく成長してくれることになったらいいな……俺は切にそう願うのであった。

「ブリス……私も頑張った……」

服の裾を引っ張られ、後ろを振り向くと、そこにはぷくーっと頬を膨らませたエドラの姿があった。

「あ、ああ。もちろんだ。エドラも頑張った。二人とも今回はありがとう」

「ご褒美に頭なでなでして」

「ん……？　まあそれくらいでいいなら」

なでなで。

言われた通り優しく撫《な》でてあげると、彼女の頬が膨らみをなくし、やがて穏やかな微笑《ほほえ》みを浮かべた。

……どうしてこんなにエドラを怒らせてしまったんだろう。

「ちょ、ちょっとブリス！　エドラだけずるいですわ！　わたくしもなでなで——」

アリエルがそう言って、俺の体を揺さぶる。

その瞬間——妙な浮遊感があり、俺の体はそのまま床へ倒れそうになってしまった。

「「ブリス！」」

しかし寸前のところでアリエルとエドラに抱きかかえられる。

「す、すみません！　大丈夫ですか？」

「あ、ああ……ただどうやら俺、相当疲れているみたいだ。今はちょっと休みたい」

今までの張り詰めていた緊張の糸が切れたためだろうか、強烈な眠気が急に襲ってきた。

「ブリスが一番頑張りましたからね。このままゆっくり休んでください」

「ブリス、よく頑張った」

彼女達の声を聞いていると、より一層安心してきて眠気を感じた。

「……ふっ。美女二人に囲まれながら寝るなんて、羨ましいヤツだ」

薄れゆく意識の中、そんなモーガンさんの声も聞こえた。

俺はそのまま瞼《まぶた》を閉じて、眠りに落ちるのであった。

◆　◆

「どうするのじゃ⁉　もう魔王様に隠し通すのは、限界じゃぞ！」

「そんなことは分かっています。しかし……どうしようもないじゃないですか」

「ふえぇ……カミラ、いつになったら戻ってくるのかな？」

その頃――魔王城で四天王の三人は焦っていた。

無論、魔王のことである。

最初こそは「ブラッドは魔王様へのプレゼントを買いにいった」と誤魔化せたが、それもだんだんボロが出始めている。

日にちが経《た》つごとに、魔王の四天王への追及はどんどん厳しくなっていった。

たとえば……。

『ブラッドちゃんはまだ帰ってこないのか？』

『本当にプレゼントを買いにいってるのか？』

『……そなた等は怪しい。ブラッドちゃんと一度交信させろ』

『我慢の限界だ。明日までにブラッドちゃんを一旦城に戻らせろ』

と魔王は徐々にイラつき始めた。

しかし出来るわけがない。

ブラッドはどこにいるか、魔王城にいる誰も分からないのだから。


「帰ったぞ」

どうしようか四天王で話し合っている時。

「カミラ！」

とうとうカミラが魔王城に帰還してきた。

《治癒》の最強格、ブレンダが真っ先に彼女に駆け寄り、希望を持ってこう問いかける。

「ブラッドは見つかりましたか？　早くしないと、魔王様が……」

「うむ。そのことだが」

カミラが箱入りのお菓子を掲げる。

「……？　なんですか、それは」

「お饅頭《まんじゅう》だ。せっかく人間共の街に行ったからな。みんなへのお土産だ」

「……カミラ？　もしかしてふざけているのですか？」

「私は至極真面目《まじめ》だぞ」

カミラが堂々と言う。

しかしブレンダは見逃さなかった。

カミラの頬を伝って、細い汗が滴り落ちたのを。

「なにをしていたのですか？　みんな、あなたを待っていたんですよ？　ブラッドを見つけられなかったにしろ、なにか手がかりくらいは……」

「それなんだが……」

誠意を持って、カミラは四天王達に丁寧に説明した。

何故《なぜ》だか行く先々の街や村で《大騒動《スタンピード》》が起こっていた。

最初は放っておこうと思った。しかし魔物共が好き勝手に暴れているのは見てて気分が悪い。それにこんな調子ではブラッドに関する情報収集も出来ない。

というわけで周辺の街や村を訪れ、《大騒動《スタンピード》》をおさめた。

そうこうしていたら時間がなくなって、とてもじゃないが、ブラッドを捜し出すことなんて不可能だった。

「……ということなのだ。私は悪くない」

カミラは胸を張る。

しかし。

「この馬鹿者がああああああああああ!」

《魔法》の最強格クレアが、カミラの胸を貫こうとダイレクトに炎魔法を放つ。

「うおっ!」

だが、当たる寸前。

カミラは抜剣し、剣で魔法を弾《はじ》き返《かえ》した。

「いきなりなにをするのだ」

「それはこちらの台詞《せりふ》じゃ!」

クレアは魔法で風の剣を作り出す。

そしてカミラの顔面を両断しようと、剣で一閃《いっせん》した。

「遅いな」

だが、カミラはそれを間一髪のところで受け止め、両者の間でつばぜり合いが起こった。

「お主はバカじゃバカじゃバカじゃ……と思っていたが、まさかここまでとは思っていなかったぞ！」

「仕方ないではないか！　私だって……ブラッドを見つけ出したかったさ！　でもどこにいるか皆目見当もつかん！」

「それを見つけるのが、お主の仕事じゃったではないか！　そもそもブラッドがいなくなったのもお主のせいで……」

「なんだと⁉　ブラッドに厳しく当たっていたのは、私だけではなかったじゃないか。きっとブラッドも日頃の鬱憤が溜《た》まって、魔王城から逃げ出したに違いない！　私だけのせいではない！」

二人は剣を振り回しながら、お互いのことを罵り合う。

近くにあった飾りや家具、壁が二人の争いによって破壊され、さながら嵐が通過しているかのような光景だ。

「お待ちなさい！　あなた達、今は四天王同士でいがみ合っている場合ではありません！」

「ふえぇ……止《や》めようよ。こんなことしても無駄だよぉ……」

ブレンダとローレンスが喧嘩《けんか》を止めようとするが、《治癒》と《支援》といった、二人に比べて攻撃面に向いていない四天王だ。

非力な二人では、暴風のようなカミラとクレアの戦いを止められるはずがない。

「そもそもブラッドが出て行ったのも、全てクレアのせいな気もする。お前が何度もあいつに毒魔法をかけるから……」

「それはこっちの台詞じゃ！　ケーキを切るような気軽さで、ブラッドの腕を切断するではない！」

二人の剣が交差しようとする、その時であった。


「……ブラッドが出て行った？」


低い声。

両者の間に割って入り、その者は素手で容易《たやす》くお互いの剣を受け止めていた。

「「ま、魔王様⁉」」

カミラとクレアが声を揃《そろ》え、すぐに剣を引っ込める。

しかしもう遅かった。

「いくらなんでも、おかしいと思ったのだ。ブラッドちゃんは全然戻ってこぬし、交信すらさせてくれない。そなた等はなにかを誤魔化しているようにも感じるし……」

怒っている。

それをひしひしと感じた。

魔王は俯《うつむ》き、ぶつぶつと「ブラッドちゃん……ブラッドちゃん……」と何度も呟《つぶや》いている。

ああ――もうダメだ。

ブレンダは次に起こるであろうことを覚悟した。

「全く……そなた等は……」

ばっと魔王は顔を上げる。

「なにをしておるのだああああああああああ――」

怒髪天を衝《つ》くとはまさにこのことであった。

# 書き下ろしSS　カミラ姉《ねえ》との思い出

——昔の夢を見た。

あれは俺がまだ魔王城にいて、四天王からスパルタ教育を受けていた頃のことだ。

「おい、ブラッド。ちょっと付き合え」

四天王《剣》の最強格——カミラ姉がくいくいっと人差し指を曲げ、俺を誘った。

「…………」

「無視するな。聞こえていない振りをしても、逃げられんぞ」

俺はすぐにダッシュし、彼女の前から逃げ出そうとするが……残念ながらそれは叶《かな》わない。

カミラ姉に首根っこを摑《つか》まれ、俺は足を止めることになった。

「なんでそんなに嫌そうな顔をしている？　心配するな。今日の稽古は終わりだからな。それとはまた別に、今日は貴様を楽しい場所へと連れていってやろうと思っているだけだ」

ニヤリとカミラ姉は口角を吊り上げた。


——楽しい場所。

彼女はそう言っているが、ろくでもない場所に決まっている。

何故なら、四天王の連中は全員が全員、ちょっと性格が悪い。常に俺をどうやって虐げようか考えているような連中だ。

それなのにこんなことを言い出すなんて……十中八九、また俺への嫌がらせを思い付いたに違いない。

「……悪いが、俺は用事があるんだ。そうだ。クレア姉だったら、暇してるんじゃないか？　あいつを誘ってみるのがいい。うん、きっとそれがいい」

「なにを戯《たわ》けたことを言っている。クレアと出かけるくらいなら、私は死んだ方がマシだ。もっとも、あいつのために死ぬなんて真似も絶対に嫌だが」

「知らん。とにかく俺は――」

「ええい！　ごちゃごちゃ文句を言うな！　私が誘ってやってるんだ。さっさと行くぞ」

カミラ姉に首根っこを摑まれたまま、ずずずっと引きずられる。

ああ……こんなところで俺の人生が終わりを告げるとは……。

カミラ姉が楽しいなんて言っているところだ。そこはきっと俺の命が危険に晒《さら》される場所だろう。

「ろくでもない人生だったな……」

「ん？　ブラッド、なにか言ったか？」

彼女の問いに、俺は返事をしなかった。

「……なあ、カミラ姉。気のせいかな。ここって古代竜《エンシェントドラゴン》がよく出没する、『魔の森』だった気がするが……」

木々が生い茂り、ろくに日光も当たらない場所。

食虫植物がそこらへんを闊歩《かっぽ》し、俺の顔よりでかい蚊みたいな魔物が飛び回っている。

それだけでもここが異常だということが分かるが——なによりも、ここではドラゴン族の中で最強との呼び声が高い古代竜がよく出現するのだ。

なので俺は昔から、過保護な魔王に「ブラッドちゃんは一人で絶対に近付くな！」と言われていたが……まさかこんなところに連れてこられるとは。

「お前の言う『楽しい場所』というのは、ここのことだったのか？」

「くくく、確かにここは楽しい場所だ。何故なら、ちょっとは歯応えがある魔物や古代竜が生息しているからな。戦うにはうってつけだ」

こんなところで楽しそうに胸を弾ませていられるのは——世界広しといえども、カミラ姉を含む四天王連中くらいだろう。

魔王も強いが、ヤツは無用な戦いを好きないからな。ここではノーカウントだ。

「私が貴様を連れていきたいのは、もっと楽しい場所だ。しかしそのためにはここを通り抜ける必要がある」

「そうか、それはよかった。じゃあカミラ姉一人で行って……」

「こらこら、逃げ出そうとするんじゃない。全く……ブラッドはいくつになっても目が離せんな」

カミラ姉が俺の頭を軽く小突こうとする。

俺はそれを全力で回避。

当たり前だ。もし今の拳が当たってしまえば、俺の頭は木っ端微塵《こっぱみじん》に砕け散っていただろう。

無論、カミラ姉も俺が避けることを予期していたと思うが……ヒヤヒヤする。

「よし、行くぞ」

「……はあ」

逃げ出せないことを悟った俺は溜《た》め息《いき》を吐《つ》き、彼女の後に付いていった。

こうなってしまっては、カミラ姉からはぐれたら死に一直線だからな。

「せめて古代竜に出会《でくわ》さなかったらいいんだが……」

「古代竜に出会せばもっと楽しくなるんだがな」

俺とカミラ姉は同時に真逆のことを口にする。

だが、俺は知っていた。

こういう時、往々にして俺の希望は通らず、カミラ姉の言ったことが実現するのは――。


オオオオオォォォォォォオオオオン！

森の中で腹が震えるような鳴き声が響く。

そして「あっ」と思う間もなく――周囲の木々をなぎ倒しながら、古代竜が俺たちの前に姿を現したのだ。

俺はすぐに踵《きびす》を返して逃げようとするが――またもやカミラ姉に首根っこを掴まれ、それは阻止される。

「ふっ、現れたな最強のドラゴンよ。私の行く手を阻むつもりなら、八つ裂きにしてくれる」

古代竜に殺気を飛ばすカミラ姉。

それによって、さすがに古代竜もカミラ姉に勝てないことを悟ったのか、その場で足を止める。

しかも体が震えている。

多分、カミラ姉を見てビビっているんだろう。

「よし！　どうやら古代竜はカミラ姉と戦うつもりはないらしいぞ！　さっさとこいつを無視して、先に進もう！」

「くくく、さすがは古代竜。私という好敵手を前に武者震いしているのか」
カ、カミラ姉！
変なことを言い出すな！

カミラ姉は剣を振り上げ、地面を蹴って跳躍。

逃げ腰の古代竜に襲いかかっていった――。

「ふう、やっと着いたぞ」

森を抜けたところで、カミラ姉は立ち止まった。

あっ、古代竜はカミラ姉に八つ裂きにされました。あまりに一方的な闘いすぎて、特筆すべき点がない。

かわいそうに……戦闘狂に出会ったことが、古代竜の運の尽きだったな。

「こんなところまで俺を連れてきて一体――」

文句の一つでも言ってやろうと思った。

しかし――目の前に広がる光景に、俺は言葉を失ってしまっていた。

「どうだ？　良い景色だろう」

カミラ姉が優しげな笑みを浮かべる。

今、俺たちは崖上から絶景を眺めていた。

眼下に広がるのは広大な森林。どこまで続くのか見当も付かなかった。

そして地平線から朝日が昇ろうとしている。

俺は常々昼も夜も関係なしに、稽古や雑用をやらされてきたので、あまり時間感覚がなかったが
……どうやら気付かない内に、朝を迎えようとしているらしい。

「キレイだな……」

気付けば、俺の口からはそんな言葉が漏れていた。

「そうだろう？　なに、魔の森を散歩していたら、偶然見つけた場所だったのだ。他の四天王共に

見せるのがもったいないくらいの絶景だ。是非、ブラッドに一度見て欲しかった」

カミラ姉が前を向いたまま、そう口にする。

何万年……いや、下手すりゃ何億年と紡いできた自然の系譜に絶句してしまう。

これに比べれば、人間や魔族はなんてちっぽけな存在なんだ……と。

俺一人では決して見つけ出せなかった場所だ。

だが、彼女がここに連れてきてくれたおかげで、この絶景を拝むことが出来ている。

だから今はちょっとだけカミラ姉に感謝してもいい——気がしていたが。

「よし、戻ったら稽古を付けてやる！　さっさと魔王城に帰るぞ」

「はあ⁉　今日の稽古は終わりって言ってたじゃないか！」

「なにを言っている。もう日は跨《また》いでいるだろう？　それに十分休めたから、問題ないはずだ」

「そんなわけ——くっ、離せ！」

感傷にもう少し浸っておきたかったが、カミラ姉はそんなことを許してくれず——。

俺は魔王城に帰って、また彼女から稽古という名のシゴキを受けることになるのであった。

先ほどの僅かな感謝の気持ちなど、一瞬で霧散したのは言うまでもない。

# あとがき

鬱沢色素と申します。この度は当作品を手に取っていただき、誠にありがとうございます。

せっかくなので、作品のあらすじや推しポイントをご紹介したいと思います。

この作品を一言で表すなら、「無能と呼ばれた少年の逆転無双劇」といったところでしょうか。

主人公のブリス（本名ブラッド）は人間なのですが、とある事情で魔王軍に育てられることになります。そこで美少女四天王たちといちゃいちゃハーレムしながら、楽しく暮らす——なんてことはなく、ただただスパルタ教育を受けさせせられます。もしかしたらラッキースケベなむふふなイベントもあったかもしれませんが、彼がそれを楽しんでいる余裕はありません。

四天王は魔王軍の中で《剣》《魔法》《治癒》《支援》の最強格です。そんな四天王たちに育てられるものですから、ブリスはどんどんとその実力を伸ばしていきます。

しかしそんなある日、ケモ耳巨乳のカミラとエッチなイベントが——ということはやっぱりなく、「無能はいらない」と説教を受けます。それをきっかけに、長年積もりに積もった怒りが爆発したブリス君、とうとう魔王城から家出しちゃいます。

そしてブリスは人間社会で冒険者になることにしました。

しかし彼は徐々に気付いていくのです。

ブリスは四天王にずっと怒られるものだから、自分は「弱い」と思い込んできました。だけど四天王のスパルタ教育によって、いつしか彼は最強の力を持ち合わせていた——。

という具合で、そんな彼は今まで培ってきた力によって無双しながら冒険者生活をエンジョイします。それだけではなく、金髪お嬢様の美少女や無口な魔法使いの女の子とも運命的な出会いをします。そして彼はとうとう手に入れるのです。そう——ちょっとエッチでいちゃいちゃハーレムな生活を——。

ようやく春が訪れたブリスですが、彼がいなくなった魔王城では大慌て。なんせ褐色幼女の魔王はブリスのことを溺愛していたからです。それなのにブリスが家出してしまったとなったら、大変なことになってしまいます（主に四天王たちが）。

なので四天王たちは魔王に気づかれる前に、なんとしてでもブリスを連れ戻そうとします。でもそう簡単にいくわけがなく……こちらはこちらでドタバタコメディーが展開されています。

そんな感じの見どころたっぷりの当作品。是非お楽しみくださいませ！


ここからは謝辞を。

担当の庄司様、ありがとうございました。いつも気にかけてくださって、とても感謝しています。今後ともよろしくお願いいたします。

イラストご担当のｐｕｐｐｓ《ぷっぷす》先生。素敵なイラスト、ありがとうございました。作品のいいところを汲み取り、こうして描いていただいたおかげで、鬱沢もキャラクターに感情移入出来たと思います。毎回送られてくるイラストをにやにやしながら拝見していました。本当にありがとうございました！

そして他にもここでは名前を挙げられないくらい、たくさんの方々にご協力いただけました。また鬱沢と仕事がしたいなあ、と少しでも思っていただけたら幸いです。ありがとうございました。

なにより——読者の方々。ありがとうございます。当作品で少しでも皆様に力を与えることが出来れば、作者としてこれ以上の喜びはありません。

それではまた会える日を楽しみにしています。

鬱沢　色素

Kラノベブックス

# 「無能《むのう》はいらない」と言《い》われたから絶縁《ぜつえん》してやった

## ～最強《さいきょう》の四天王《してんのう》に育《そだ》てられた俺《おれ》は、冒険者《ぼうけんしゃ》となり無双《むそう》する～

鬱沢色素《うつざわしきそ》

2021年9月29日第1刷発行
2021年11月5日第2刷発行

発行者　森田浩章

発行所　株式会社 講談社
〒112-8001　東京都文京区音羽2-12-21

電　話　出版　(03)5395-3715
販売　(03)5395-3608
業務　(03)5395-3603

デザイン　百足屋ユウコ+石田隆（ムシカゴグラフィクス）

本文データ制作　講談社デジタル製作

印刷所　豊国印刷株式会社

製本所　株式会社フォーネット社

KODANSHA



ISBN978-4-06-524216-2　N.D.C.913　291p　19cm
定価はカバーに表示してあります



ファンレター、
作品のご感想を
お待ちしています。

あて先　〒112-8001　東京都文京区音羽2-12-21
(株) 講談社　ラノベ文庫編集部 気付
「鬱沢色素先生」係
「pupps先生」係

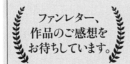